DIE BOX

Horrorthriller

Bibliografische Information der Deutschen Nationalbibliothek:
Die Deutsche Nationalbibliothek verzeichnet diese Publikation in
der Deutschen Nationalbibliografie; detaillierte bibliografische
Daten sind im Internet über http://dnb.dnb.de abrufbar.

Die Box ist auch als E-Book auf vielen Plattformen er-
hältlich.

Copyright © 2021 by Alexander
Hogrefe/Rechteinhaber

Cover: chaela/chaela.de
Unter Verwendung eines Motivs von freepik.com
Korrektorat und Lektorat: anon.
Zweites Korrektorat: Ramona Pingel/Silbentaucher.de

Herstellung und Verlag: BoD – Books on Demand,
Norderstedt

ISBN: 9783754331972

www.alexanderhogrefe.de

Dieses Buch widme ich meiner Familie.
In guten, wie in anstrengenden Zeiten.

Karl Master

Der Regen goss in Strömen herunter und verwandelte den Maltheimer Friedhof in ein Terrain aus Dreck und schlammiger Erde. Auf einem Hügel, in der Nähe einer Gruppe von Bäumen, deren kahle, nasse Äste im Wind peitschten, stand Karl Master und hielt einen orangefarbenen Regenschirm.

Der Regen hatte den Boden durchweicht. Gras war nicht mehr zu sehen. Erdklumpen schwemmten über den Grund, trieben durch Pfützen und rutschten den Hügel hinunter. Karl fuhr sich über das Gesicht und fegte Dutzende Tropfen von der Nase.

Sie würde bald kommen, dachte er … Sie würde bald kommen.

Er steckte die linke Hand in die Manteltasche, sah sich um. Der Friedhof war verlassen. Der Himmel war grau. Ein heftiger Wind wehte, der das herabgefallene Herbstlaub aufwirbelte. Aus der Ferne war das Röhren eines Busses zu hören, der irgendwo anhielt und Fahrgäste aus- und einsteigen ließ. Karl sah den Hügel hinunter zum Eingangstor des Friedhofs.

Der Friedhof war von einer mannshohen Steinmauer umzogen, auf der ein Stahlzaun gespannt war. Die Spitzen des Zauns ragten abwehrend in die Luft. Das breite Eingangstor bestand aus zwei Torflügeln aus Metall. Eine Seite war geöffnet.

Er hatte sie offen gelassen.

Karl blickte auf seine Uhr. Sie verspätete sich.

Er stellte die Füße zusammen und blickte auf den Schlamm, der seine Schuhe bedeckte.

Als er den Kopf hob, stand am Eingang des Friedhofs eine Frau. Sie war gekommen. Karls Mund verzog sich zu einem Lächeln. Die Frau trug ein weißes Kleid, das ihre Knie bedeckte und sie war ohne Schuhe. Das Wasser tropfte aus ihren Haaren, die ihr über die Stirn und die Wangen hingen. Sie sah mitgenommen aus.

Karl reckte das Kinn. Sie würde zu ihm kommen. Denn sie wollte etwas von ihm. Mal sehen, was sie zu sagen hatte.

In der Manteltasche bildete er eine Faust.

Die Frau wankte über den Platz, als wäre sie betrunken. Ihre Augen waren auf ihn gerichtet. Karl sah ihr entgegen. Sollte er sie schlagen? Verdient hatte sie es. Verräter wurden so behandelt, warum sollte er bei ihr eine Ausnahme machen?

Sie näherte sich. Einmal fiel sie hin. Ihr Kleid war transparent. Es war so feucht, dass es wie eine zweite Haut an ihr hing. Ihre Brüste zeichneten sich unter dem Stoff ab. Sie war noch jung.

Die Frau erreichte den Hügel und sank in die Knie. Schlamm, Erde klebten an ihren Beinen. Sie sah hoch und fuhr sich über das verschmierte Gesicht. Blut tropfte ihr von der Stirn. Der Regen wusch es immer wieder weg.

Eine Verletzung, dachte Karl. Dann war die Bestrafung des Meisters heftig ausgefallen.

Er winkte ihr zu. Lächelte. Die Frau verzog keine Miene. Karl wartete, bis sie sich aufgerappelt hatte. Der Meister hatte sich noch nicht gezeigt, denn er war verbittert.

Die Frau spuckte und ging weiter. Ein glasiger Ausdruck trat in ihr Gesicht.

Der Hügel war steil. Hier oben gab es keine Grabsteine.

Die Frau erreichte die halbe Höhe des Hügels. Sie klagte. Karl sah, wie sie näherkam. Seine Socken waren jetzt feucht. Trotz der Stiefel.

Die Frau kämpfte weiter, hechelte. Ihre Wangen waren dreckig und blutverschmiert. Ihre Haare hingen ihr über die Ohren. Sie starrte ihn an, er sah zurück.

Sie war unterlegen ... Er war der Sprecher. Das war der Unterschied.

Oben erbrach die Frau einen Haufen weißer Masse aus. Das Zeug wurde vom Regen erfasst und fortgespült.

Die Arme, dachte Karl. Er lächelte. Diese Frau war eine Verräterin!

Erschöpft ließ sie sich auf den Bauch sinken. Ihr Gesicht versank im Schmutz. Karl trat näher. Er hob einen Schuh und tippte ihr gegen die Schulter. Sie fuhr hoch, sah ihn an, wie ein aufgeschrecktes Tier. Karl beugte den Kopf. Ihr Blick war kalt.

Er lächelte. Ihre Brüste wippten unter dem Stoff.

Die Frau senkte wieder den Blick. Einer der Träger rutschte ihr von der Schulter.

Karl stellte sich vor, wie der Dreck in sie eindrang und sie ausfüllte.

»I-ich ... bin gekommen«, sagte sie. Ein Donnern brach über die Landschaft. Karl sah zu den Wolken.

Sie hatten sich noch weiter verdichtet. Schwarze Schatten zogen über den Himmel.

»Das sehe ich«, sagte Karl. »Warum hat es so lange gedauert?«

»I-ich … konnte nicht fliehen«, sagte die Frau. Sie kratzte sich am Hals. »Er tat mir weh.«

»Das glaube ich. Du hast ihn verlassen.« Karl schüttelte den Kopf.

»Aber, das wollte ich gar nicht.«

»Nein? Wie nennst du es dann, die Koffer zu packen, in ein Auto zu steigen und die Stadt zu verlassen?«

»Er hat mich angehalten«, sagte sie.

Karl nickte. »Ich verstehe das.«

Sie sah auf. Ein trüber Glanz lag in ihren Augen. »Nein«, sagte sie. »Du verstehst es nicht. Du hast keine Ahnung.«

»Sag mir nicht, was ich weiß und was nicht! Ich kenne seine Macht. Der Meister ist unerschütterlich, und ich diene ihm schon seit Langem.« Er schlug ihr ins Gesicht. Ihr Kopf fuhr zurück. Ein roter Fleck erschien auf ihrer Wange. Karl schüttelte die Hand aus.

»Hall -«

»Ich fühle nichts.« Sie rieb sich die traktierte Stelle. »Nichts!« Sie blickte zu ihm. Dann ließ sie sich fallen und landete im Dreck.

»Hey!« Karl wich zurück. Die aufgespritzte Erde flog durch die Luft und traf seinen Mantel. Verärgert wischte er darüber. »Was ist bloß in dich gefahren?«

»I-ich kann nicht mehr«, sagte sie. »Bitte … bitte, du musst mir helfen, ich flehe dich an.«

»Bekenne, was du getan hast! Du musst ihm klarmachen, dass du schuldig bist.«

Ihre Stirn färbte sich rot. »I-ich … bin schuldig.«

Karl lächelte. »Was wolltest du tun?«

»Ich wollte fliehen, damit er mich nicht findet.«

»Und warum?«

Sie tauchte ihr Gesicht in den Matsch. Eine Sekunde … noch eine …

Als sie das Gesicht wieder hob, zog sie scharf die Luft ein. »Weil ich Angst hatte.«

»Der Meister duldet dieses Verhalten nicht. Er weiß, was du tust, er weiß, wo du bist, er weiß, wie du dich verhältst. Du … bist mit dem Meister verbunden! Und du kannst ihn nicht betrügen!« Karl lächelte. »Du …«, begann er, »bist es ihm schuldig. Er hat dir geholfen, weißt du das nicht mehr?«

Die Frau sah ihn an. »Ich weiß … Bitte, ich fühle nichts mehr – nichts. Er hat mir alles genommen.«

»Alles?«, fragte Karl.

»Ich nehme nichts wahr. Nicht einmal das Wasser. Mir ist weder kalt noch warm. Ich fühle keine Angst, keinen Schmerz. Nicht einmal Trauer, obwohl meine Augen weinen. Bitte, Karl, du musst es beenden.«

»Du weißt, dass der Meister das entscheidet. Nicht ich. Ich diene ihm nur.« Er lächelte. »Und du …« Er beugte sich hinunter. »Du tust das auch.« Er zog die Mundwinkel hoch.

»Bitte, ich will wieder fühlen können. Ich kann so nicht leben.«

»Das verstehe ich, mein Kind«, sagte Karl. »Und der

Meister wird es auch verstehen, sobald du einsiehst, dass du falsch gehandelt hast.«

»Das tue ich«, sagte die Frau. Sie legte die verschmierten Hände zusammen. »Bitte. Ich tue es.«

»Dass du es niemals wieder tust!«, fügte Karl an.

Sie nickte. »Ja … ja, ich schwöre.«

»Und …« Er reckte einen Finger. »Dass du ihm weiterhin zur Verfügung stehst. Egal, was passiert!«

Sie zögerte. Dann nickte sie vehement. »Ich schwöre es.«

»Gut.« Karl berührte sie am Kopf. Dann deutete er nach rechts. »Geh! Und denke daran: Die Box gewinnt immer.«

Er begann zu lachen. Die Frau erhob sich und marschierte den Hügel hinunter zu einer bläulich glimmenden Steinbildung, die schlagartig erschienen war. Es war ein imposanter Quader.

Als die Frau näherkam, fuhren Steinplatten zurück und enthüllten ein schwarzes Loch.

Die Box hatte sich geöffnet. Karl lachte. Mit hängenden Schultern verschwand die Frau im Inneren …

Clara Sarker

Versuch es doch!, raunte die Stimme in ihren Gedanken. Clara starrte aus dem Fenster. Das Wetter hatte sich verschlechtert; die Bäume, die die Einfahrt säumten, hingen tief. Nebel war aufgekommen, er schwebte über der Landschaft wie ein Bündel Wolken.

Der Wind wehte Blätter hoch, sie kräuselten über den asphaltierten Weg, prallten gegen das Auto, das vor der Garage stand. Es war der Honda Typ R S, der Wagen ihres Mannes.

Ihr Mann, Kai, war tot. Der Wagen war noch da. Ein unfairer Tausch.

Clara wischte sich eine Träne von der Wange. Sie musste das mit der linken Hand machen, denn die rechte fehlte. Sie fehlte seit dem Unfall, bei dem sie ihren Mann, ihre Hand wie auch einen Großteil ihres Lebenswillens verloren hatte. Zwei Monate war der Unfall jetzt her und es ging nicht wirklich besser ... Das Essen, das Schlafen ... Auch das Schreiben.

Clara schüttelte den Kopf. Es war wie ein Stich ins Herz.

Die große Autorin Clara S. Stalker – ihr Pseudonym – brachte seit Wochen kein Wort mehr auf Papier.

Dabei war alles so gut gewesen. Ihre Familie, das neue Haus, die Ruhe, die Bücher ... Lesen konnte sie seit dem Unfall auch nicht. Es war, als hätte sich seitdem eine Tür in ihrem Kopf geschlossen.

Sie seufzte.

Das Haus war ruhig seit Kai gestorben war. Zwar

kümmerte sich ihre Familie um sie, aber sie waren nicht ständig da. Oft war sie allein. *Eine nicht so gute Entscheidung*, hatte sie ihren Vater am Telefon flüstern hören. Sie hatte so getan, als hätte sie das nicht gehört. Es war aber klar, was er meinte ... Paul, ihr Vater, hatte Angst, dass sie sich etwas antat.

Clara lächelte. Sie hatte schon oft daran gedacht, es zu tun. Ein Messer, ein Sprung vom Dach. Einmal, es war vor einer Woche gewesen, hatte sie ferngesehen, ihr iPad hatte auf dem Schoß gelegen. Der Film war nicht spannend gewesen und aus Langeweile hatte sie nach Selbstmord gegoogelt und Informationen bekommen. Dutzende Seiten setzten sich damit auseinander, aber die meisten bezweckten das Gegenteil. Auf einer Seite war sie hängen geblieben und hatte über einen siebzehnjährigen Mann gelesen, der etwas von Liebeskummer geschrieben hatte. Schlechten Noten und Mobbing. Ab der Hälfte der Seite hatte sie die Zeilen überflogen. Dann hatte sie aufgehört und sich dem Film zugewandt. Sie hatte sich elend gefühlt. Eigentlich fühlte sie sich immer elend, aber ... Ein Mensch war ums Leben gekommen. Die Liebe ihres Lebens. Und die andere Liebe – das Schreiben, war kurz davor, verloren zu gehen.

Wenn wenigstens das eine funktionieren würde, dachte sie.

Sie seufzte.

Sie war im Rückstand ... Ihr neustes Buch war nicht fertig. Die Geschichte über ein Mädchen, das sich in einen Baum verliebte.

Sie hatte sie nicht beenden können.

Der Unfall war passiert.

Natürlich hatte sie der Verleger nach den Ereignissen angerufen, ihr Mut zugesprochen und gesagt: »*Du bekommst so viel Zeit, wie du brauchst.*«

Aber … Er wollte das Buch auf den Markt bringen, denn sie war erfolgreich. Ihre Bücher verkauften sich gut. Auch jetzt noch. Deshalb war sie angehalten, neue zu schreiben. Ihre Fans wollten es, ihr Verleger wollte es, die Agentin und ihr Bankkonto wollten es auch.

»Verdammt!« Sie presste die Lider so stark zusammen, dass es wehtat. Dann wandte sie sich um. Dort stand ihr Schreibtisch. Darauf der Computer. Der Tisch stand vor dem Fenster, das eine schöne Aussicht bot, wenn sie schrieb. Deshalb hatte sie diesen Platz gewählt.

Clara verdrehte die Augen. Niedergeschlagen sah sie auf den Stumpf, den sie unter dem Ärmel verborgen hatte. Er tat noch weh, wenn sie ihn zu fest berührte.

Ich bin … verloren!

Sie begann zu weinen.

Betrübt setzte sie sich neben das Fenster. Der Stumpf ruhte auf ihrem Bein. Tränen liefen über ihre Wangen. Es war so schwer gewesen … Der Anfang, nach dem Aufwachen. Als wäre sie aus einem Albtraum hochgefahren und hätte gemerkt, dass er nicht zu Ende war. Ein grässliches Aneinanderreihen von Verpflichtungen, Worten, Ärzten, die kamen und gingen. Kein Kai, der sie tröstete.

Es war …

»Was ist das? W-was … wo kommt das her?« Clara stieß einen heiseren Schrei aus und rappelte sich hoch. Sie packte die Decke, schlug sie zurück und stellte sich auf die Beine. Die Pulsmesser, die an ihren Armen und der Brust befestigt waren, lösten sich und hinterließen rote Abdrücke.

Eine fremde Frau mit Zopf erhob sich. »Scheiße.« Sie drückte einen Knopf und rannte auf sie zu. Beschwichtigend hob sie die Hände.

Clara würgte nach Luft. Ein infernalischer Druck lastete auf ihrer Stirn. Sie humpelte und stürzte. Die Frau fing sie auf, hielt sie. »Ganz ruhig«, sagte sie. »Bleiben Sie ruhig.«

Diese Schmerzen. Clara riss die Augen auf. Sie waren so gewaltig …

»KAAAAAAAAAI!«

Die Frau verzog das Gesicht. Clara starrte sie an, sah in die mitfühlenden Augen. Wer war sie, was wollte sie? Warum behandelte sie sie, als wäre sie krank?

Ich bin nicht krank, dachte Clara. *Nein, ich bin einfach nur verwirrt.*

Dann fiel ihr der Stumpf auf. Sie war Rechtshänderin. Aber ihre rechte Hand fehlte. Dort war nur Verband. Weißer, opaker Stoff, auf dem ein roter Fleck klebte.

Clara schnappte nach Luft. Stimmen drangen in den Raum. Menschen. Männer. Sie kamen und packten sie. Sie trugen weiße Kittel. Clara versuchte zu sprechen, aber ihre Zunge war erlahmt. Die Frau stand in der Nähe. Sie sah besorgt drein. Clara wandte sich ihr zu. »Sahhgen … Siehh ihnhnen, daff sieh meeech looohs laa …« Ein heftiges Pochen umspannte ihren Brustkorb und sie wurde hochgezogen. Jemand redete mit ihr. Es war nicht die Frau. Ein Mann mit Glatze und matten Augen. Er schien müde zu sein. Die Männer packten sie und legten sie auf das Bett.

Sie fühlte etwas am linken Handgelenk, dann an den Füßen. Sie versuchte, sich zu bewegen, aber es ging nicht. Die Männer hatten sie fixiert. »W-was soll das?«, brüllte sie. »Wo ist mein Mann, wo ist Kai?«

Die Männer traten zurück. Es waren vier. Der Mann mit der Glatze wandte sich an die Frau. Sie redeten miteinander.

Clara packte Zorn. Was war mit ihrer Hand? Sie war sicherlich noch dran. Nur unter dem Verband.

Der Glatzkopf ging mit den anderen hinaus. Sie knallten die Tür zu. Die Frau blieb zurück. Sie trug einen grauen Rollkragenpullover.

Clara sah sie näherkommen. Der Druck auf ihren Kopf war immens.

Die Frau trat neben das Bett, legte ihr eine Hand auf den Arm. »Beruhigen Sie sich, bitte«, sagte sie.

»Wer sind Sie? Sagen Sie es oder ich schreie!«

Die Frau presste die Lippen zusammen. Nachsicht zeichnete sich in ihren Augen ab. »Mein Name ist Heide Mayer. Sie sind Clara Sarker und seit zwei Tagen Patientin im städtischen Krankenhaus. Ich bin die Haustherapeutin, Frau Sarker, und spezialisiert auf Unfallopfer.«

Clara starrte sie an. »Waaaas? Ich hatte keinen Unfall, was reden Sie da? Wo ist mein Mann, er wird das bezeugen. Er ist gefahren!«

Heide seufzte und zog einen Stuhl heran. Sie setzte sich und blätterte in einer Akte, die sie vom Boden aufhob. »Können Sie sich an irgendwas erinnern? An irgendwas?«

Clara presste den Kopf in das Kissen. Kai war bestimmt zu Hause und wartete auf sie. Das hier war ein furchtbares Missverständnis. »Ich möchte sofort meinen Anwalt sprechen«, sagte Clara. »Haben Sie eine Ahnung, wer ich bin? Ich bin Clara S. Stalker – erfolgreiche Autorin. Sie können so was nicht machen.«

»Sie brauchen keinen Anwalt, Frau Sarker. Sie stehen weder vor Gericht noch bedroht Sie jemand. Sie sind in einem Krankenhaus.« Heide lächelte. »Und ja, ich weiß, wer Sie sind. Ich habe alle Ihre Bücher gelesen. Sie sind eine meiner Lieblingsautorinnen.«

Clara hielt inne. »Wirklich?«

Heide nickte. »Natürlich.«

»Das ist sehr nett von Ihnen.« Clara fühlte Wärme.

»Schön, dass Sie sich an Ihre Person erinnern können«, fügte Heide hinzu. »Das ist ein gutes Zeichen.«

»Wofür?«, fragte Clara.

»Es zeigt, dass Ihr Erinnerungsvermögen intakt ist. Es kann vorkommen, dass bei Unfällen mehr als nur die letzten Tage gelöscht werden. Manche vergessen sogar ihr ganzes Leben. Das ist abhängig von der Kopfverletzung.«

Clara gurrte. »Kopfverletzung. Ich habe keine Kopfverletzung.« Sie blickte hoch, stockte. Über ihren Augen, knapp oberhalb der Brauen, ragte ein Verband auf. »Was ist das?«

»Das ist ein Verband. Sie haben sich den Kopf angestoßen, als die Wagen zusammenstießen. Aber keine Sorge, die Ärzte sind zuversichtlich.«

»Als die Wagen zusammenstießen?« Clara legte die Stirn in Falten. Es tat weh. »I-ich weiß nicht, was Sie meinen.«

Heide rückte näher. »Was ist das Letzte, woran Sie sich erinnern können?«

Clara sah ihr in die Augen. »I-ich kann mich an meinen Mann erinnern ... Wir sind zu Hause und wollen auf eine Verlagsveranstaltung gehen. Er ist fertig, aber ich brauche noch ...

»Schatz, kommst du?«

Sie kann ihn von unten rufen hören. Er wartet auf sie. Clara blickt in den Spiegel, sieht das silberne Kleid, das ihre Schultern bedeckt. Sie winkelt ein Bein an und bewundert sich im Glas. Es sieht gut aus.

Sie dreht sich um, öffnet den Schrank und holt einen Wollschal. In dieser Nacht könnte es kühler werden. Sie legt ihn an und eilt zur Treppe. Auf dem Weg nimmt sie ihre Handtasche.

Dort steht er. Am Fuß der Treppe, in seinem schicken Anzug. Der blauen Krawatte, die er sich gebunden hat.

Clara geht die Stufen hinunter.

Kai lächelt. »Ich warte schon eine Weile auf dich.«

Er sieht so gut aus. Die blonden Haare hängen hinter den Ohren. Die braunen Augen. Der Ansatz eines Bartes entlang des Kinns. Sie streckt die Arme aus und schließt ihn in eine Umarmung. Sie halten sich. Dann vereinigen sich ihre Lippen.

»Meine Lieblingsautorin.« Kai schwenkt sie nach hinten.

Clara gibt ein überraschtes Keuchen von sich. Dann lächelt sie. Kai hält sie fest. »Wir sollten uns beeilen, sonst kommen wir noch zu spät. Mir macht das nicht so viel aus, aber du solltest nicht zu spät kommen.« Er muss lachen. »Was würde der Verlag nur ohne seine Starautorin machen?«

Sie zwinkert ihm zu. »Was du nicht sagst. Fährst du oder soll ich fahren?«

»Ich mach das schon.« Kai öffnet die Haustür. Ein sanfter Wind weht hinein, bläst gegen das Kleid. Clara tritt hinaus. Kai öffnet die Garage mit einem Knopfdruck auf die Fernbedienung. Das Tor fährt zurück. Es knarzt in der Nacht.

Von oben strahlt der Mond herunter.

»Ist es nicht herrlich?« Clara dreht sich mehrmals um die eigene Achse.

»Du bist herrlich.« Kai stapft zu der Garage. »Sollen wir deinen nehmen?«

Clara nickt. »Mach nur.«

»Ich freue mich, dass du so viel Erfolg hast.«

»Es bedeutet mir wirklich viel.« Sie steigt in den weißen Honda Type R GT. Kai von der anderen Seite.

»Das weiß ich doch.« Kai drückt ihre Hand. »Du schaffst das heute Abend. Es wird aufregend. Es wird spannend, und es geht um dich. Genieße es.«

»Und du bleibst bei mir?«, fragt Clara.

Kai nickt. Seine Augen strahlen im Licht der Wagenleuchte. »Natürlich. Warum denn nicht?«

Er startet den Motor und fährt los. Aus der Garage, auf die Einfahrt und zum Eingangstor des Anwesens.

»Willst du etwas Musik hören?«, fragt Clara.

Kai nickt. Sie drückt einen Knopf und das Radio beginnt zu spielen. Sie fahren auf die Straße und Kai gibt Gas …

»I-ich kann mich daran erinnern. An meinen Mann. Wir sind losgefahren.« Clara blinzelte. »W-was bedeutet das?«

Heide blickte sie sanft an. »Es heißt, dass Sie die Bruchstücke langsam zusammensetzen.«

»Ich habe Angst«, sagte Clara. Sie lauschte auf ihr Herz, hörte es in ihrer Brust schlagen.

War sie hier in einem Traum? Sie blickte sich um. Der Raum war nicht sehr groß. Das Bett war da. Ein paar Geräte in der Ecke, von denen Kabel ausgingen. Die Tür war weiß und solide. Es gab nur ein Fenster. Ein Vorhang war zugezogen, der andere nicht.

Was hatte sie vergessen? Was war ihr nicht eingefallen?

»Ich glaube, Sie sollten besser gehen«, meinte Clara.

Ihre Hand war noch da, dachte sie. Sie war noch da …
Noch da …

Heide seufzte. »Das kann ich nicht. Noch nicht. Meine Aufgabe ist, bei Ihnen zu bleiben und mich um Sie zu kümmern. Glauben Sie mir, Sie brauchen das jetzt.«

Clara schüttelte den Kopf. »Nein, ich brauche Ruhe.«

»Sie brauchen beides. Besonders Frieden. Den bekommen Sie nur, wenn Sie sich mit der Realität konfrontieren. Deshalb bin ich da.«

»Wo ist mein Mann?«, fragte Clara. Sie riss die Augen auf. »Wo ist er?«

Heide öffnete den Mund, schloss ihn. Sie schlug die Akte auf und schrieb etwas hinein. »Bitte, erinnern Sie sich. Wie ging es weiter?«

Beschissen … Clara stand von dem Stuhl auf. Sie war in Erinnerungen versunken. Zurück an jenen Moment, der ihr das Herz gebrochen hatte. Ihr Leben war am Ende …

Draußen würde es vermutlich bald regnen.

Das passte ja, dachte sie. Dunkelheit und seelische Finsternis.

Natürlich hatte sie sich wieder erinnert! Es war gekommen, als sie sich konzentriert hatte. Als würde ein verriegeltes Schloss brechen und das Tor öffnen.

Dann war alles da gewesen. Der Schmerz, die Qualen. Sie hatte geweint und nicht mehr aufgehört.

Irgendwann hatte sie nichts mehr richtig mitbekommen: ihre Entlassung, die Worte der Ärzte, die sie ihr zugeworfen hatten, die Übungen im

Krankenhaus, um ihre linke Hand zu trainieren, die sie fortan verstärkt benutzen musste. Ihre Familie, die aufgetaucht war. Der Verleger, die Nachrichten ihrer Agentin. An diese Ereignisse hatte sie sich erst Wochen nach ihrer Rückkehr in das Haus erinnert und schließlich hatte sie ihre Zeit im Krankenhaus nachzeichnen können. Eine lange Phase.

Clara fasste sich an die Stirn, nahm einen tiefen Atemzug.

Diese Umgewöhnung von der rechten auf die linke Hand war weiterhin enorm. Immer schon hatte sie Probleme mit der linken Hand gehabt. Beim Schreiben, beim Kochen. Sie war Rechtshänderin, nicht ambidexter.

Verdammt!

Sie setzte sich vor den Computer, schaltete ihn ein.

Der Bildschirm sprang an. Blaues Licht leuchtete. Der moderne Mac hatte ihr immer gute Dienste geleistet. Sie gab ihr Passwort mit der linken Hand ein und wartete, bis der Desktop bereit war.

Dort war es. Auf der rechten Seite. Die Datei … das Manuskript des nächsten Buches. Clara fühlte Beklemmung.

Sie machte einen Doppelklick auf die Datei und wartete, bis sie aufsprang.

Dann lag er da. Der Text. 157 Seiten ausgereifter Worte. Schön formulierte Sätze. Ein gutes Buch. Nur nicht fertig …

Clara biss sich auf die Unterlippe. Sie blickte am Bildschirm vorbei hinaus.

Draußen hatte der Wind zugenommen. Blätter flogen vor dem Fenster herum.

Du schaffst es. Versuch es wenigstens.

»Ich kann das«, sagte Clara leise. Sie zitterte, als sie die linke Hand hob.

Heide hatte ihr nach einer Woche Aufenthalt im Krankenhaus Optionen aufgezeigt, mit denen sie das Schreiben fortsetzen könnte: über eine Prothese für die rechte Hand, mit der sie fähig wäre, einzelne Buchstaben zu tippen, oder einen Fokus auf die linke Hand, was Übung voraussetzte.

Sie hatte sich für die linke Hand entschieden.

Die Anfänge waren lästig gewesen. Ständig hatte etwas nicht funktioniert, und sie war langsam gewesen. So langsam, dass Clara sogar überlegt hatte, das Schreiben aufzugeben.

Irgendwann war es dann aber besser gegangen. Aber nur leicht. Sie hatte einen Satz in wenigen Sekunden hingekriegt, aber dann eine Pause machen müssen, da ihre Kraft nachgelassen hatte.

Ständig hatte sie geweint …

Betrübt sah sie auf ihre Hand. Das Schicksal hatte sie missbraucht und ausgespuckt, wie einen Klumpen Dreck.

Sie legte die Hand auf die Tastatur, fühlte die Tasten unter den Fingern.

Sie nahm einen tiefen Atemzug und begann zu tippen … Das erste Wort … Dann drückte sie mit dem Daumen die Leertaste und sprang zum nächsten. Ihre Finger sprangen hin und her, drückten die Tasten. Die ersten Sätze gingen. Dann vertippte sie sich. Mehrmals. Die Buchstaben verrutschten. Clara ächzte und blickte auf die Tastatur. Ihre Hand war so schnell geworden, dass sie Zeichen und Zahlen einbrachte. *Neeeeein.*

Clara schrie. Sie bildete eine Faust und donnerte sie auf die Tastatur. Es knackte. Ein Funken im Bildschirm.

»Neeein.« Sie lehnte sich zurück und rückte mit dem Stuhl an die Wand.

Als sie gegen die Wand schlug, zuckte sie zusammen.

Schluchzend starrte sie auf ihren Arbeitsplatz.

Nichts war, wie sie es kannte. Es war alles verloren.

Wie sollte sie das Buch jemals fertigstellen?

Ferne Geräusche erklangen. Ein Motor.

Clara blickte auf. Jemand näherte sich dem Gebäude.

Sie stand auf und eilte zum Fenster. Mit dem rechten Ärmel fuhr sie sich über das Gesicht. Ein Wagen fuhr durch das Tor und auf die Einfahrt. Ihr Vater!

Paul kam sie besuchen. Aber … hätte er nicht erst morgen kommen sollen?

Sie löste sich von dem Fenster und ging aus dem Büro.

Schnell lief sie die Treppe hinunter.

Es klingelte. Clara öffnete.

Paul trug einen Karton in der Hand, der offenbar leer war, und lächelte.

»Hallo, Liebes. Ich bin einen Tag früher da.« Er küsste sie auf die Stirn. Clara sah zu, wie er an ihr vorbei in die Küche ging.

Deshalb war er gekommen … Sie fasste sich an den Kopf. Sie folgte ihm in die Küche.

Paul stellte die Kiste auf den Tisch, wischte sich den Schweiß von der Stirn und zog seinen Wollpullover aus. Darunter trug er ein schwarzes Hemd. Er war breit gebaut und in der Regel besonnen.

Paul nahm ein Glas aus dem Schrank, füllte es mit Leitungswasser. Dann trank er einen Schluck und stöhnte erleichtert. »Du siehst fürchterlich aus, Clara. Wann hast du das letzte Mal geschlafen?«

Clara zuckte die Achseln. »Vor einer Woche vielleicht. Oder letzten Dienstag?«

Paul schüttelte den Kopf. »Das gefällt mir nicht. Isst du denn wenigstens ausreichend?« Er sah sie mitfühlend an. »Deine Mutter würde sich freuen, dich wieder zu bekochen. Hättest du Lust …«

»Nein!«, rief Clara. »Ich habe keine Lust.«

»Hm.« Paul tippte sich an das Kinn. »Du igelst dich ziemlich ein. Du lässt fast niemanden an dich ran, und du verfaulst – wortwörtlich.« Er breitete die Arme aus. »Sag mir bitte, dass es so nicht weitergeht.«

Clara musterte ihn. »Du erwartest von mir, dass ich das ändern soll? Wie denn?« Sie hob die Stimme. »Ich habe mir das nicht ausgesucht, Vater. Ich bin machtlos.« Sie schnappte nach Luft. »Bist du deswegen gekommen? Um mir zu sagen, wie schrecklich ich bin? Wenn ja, kann ich darauf verzichten.«

Paul schürzte die Lippen. »Na ja, ich will dir nur sagen, was ich sehe, Liebes, nicht mehr, nicht weniger.

Du wohnst allein, also ist es, glaube ich, nicht das Dümmste, zu hören, was andere denken.«

»Ich weiß, was andere denken«, beharrte Clara.

»Sicher? Es erscheint mir, als hättest du nicht sonderlich viel Kontakt zu anderen. Wann hast du das letzte Mal mit deiner Schwester geredet?«

Clara verdrehte die Augen. »Was soll das jetzt?«

»Wann?«, hakte Paul nach.

»Vor drei Wochen?«

»Richtig«, betonte Paul. »Vor … drei … Wochen. Das ist ewig her. Sie hat hundert Mal versucht, dich zu erreichen, aber du gehst nicht ran. Wenn ich ihr nicht jedes Mal sagen würde, dass du noch lebst, würde sie durchdrehen. Du weißt, dass sie sich Sorgen macht. Wir alle tun das.«

»Mir passiert schon nichts.«

»Clara«, sagte Paul.

»Lass mich. Ich bin allein und habe alles verloren. Hier.« Sie reckte den nackten Stumpf in die Luft. »Das ist alles, was mir geblieben ist.«

Tränen traten in ihre Augen.

Paul stellte das Glas ab. »I-ich weiß, was das für dich bedeutet und es tut mir leid, dass das passiert ist. Jedem tut es leid.«

»Ja«, kläffte Clara. »Jedem tut es vermutlich leid.« Sie senkte den Stumpf.

Paul seufzte. »Du musst nicht so sein.«

Clara winkte ab. »I-ich musste nur an ihn denken.«

»Wen? Kai?«

»Nein«, schluchzte Clara. »An ihn … Holger.«

Paul nickte. »Ich verstehe. Möchtest du darüber reden?«

Clara kam vor, lehnte sich an einen Schrank. »Eigentlich nicht, nein … ich habe mich nur gefragt, was er wohl denkt?«

»Na ja, das weiß ich nicht, aber ich meine, dass er sich ziemlich schuldig fühlen wird.«

»Meinst du?« Clara lachte auf. »Er ist komplett unbestraft, Vater. Nicht mal eine Geldstrafe. Er sonnt sich bestimmt in seinem Glück und fliegt in den Urlaub.«

Paul öffnete die Kiste. »Ich denke nicht, Clara. Er ist auch Teil des Traumas gewesen. Glaub nicht, dass er nicht etwas abbekommen hat.«

»Er hat nichts verloren«, zischte Clara. »Nichts. Ihm geht es so gut, wie seit jeher auch. Und während ich im Boden versinke, läuft er über die Wiese.«

Paul räusperte sich. Clara sah ihn an. »Ich höre sehr viel Hass in dir. Das wird dir Kai auch nicht wiedergeben.«

Clara beobachtete, wie Paul zum nächsten Regal ging und die Türen öffnete. Schnell drehte sie sich um. Die linke Hand legte sie auf ihre Brust. Ihr Atem ging schnell. »Fängst du an?«, fragte sie.

»Ja«, sagte Paul. »Es ist alles gut, Clara. Kein Grund zur Sorge.«

Clara ging ein paar Schritte.

Vielleicht sollte sie besser gehen? Um es nicht zu hören, aber … *Nein! Jetzt nicht!*

Paul begann. Da war das Klickern … immer wieder …

Clara schloss die Augen.

»Clara, vielleicht solltest du gehen, solange ich hier beschäftigt bin? Ich habe kein Problem damit.«

Clara schüttelte den Kopf. Jetzt ging es darum auch mal stark zu sein. »I-ich … nein, mach nur. Ich schaffe das schon.«

»Sicher?« Er hielt inne.

»Ja, mach nur.«

»Okay.« Er machte weiter. Die nächste Fuhre. Wieder das Klickern.

Sie holte tief Luft.

»Sag mal, darf ich offen mit dir sprechen?«, fragte Paul.

Clara nickte. »Ja, mach nur.«

»Es … geht um dich, Clara, und wie es weitergehen soll. Deine Mutter und ich, wir haben eine Weile nachgedacht und fanden es gar nicht schlecht.«

»Was?«

»Hast du schon darüber nachgedacht, einen Psychologen aufzusuchen?«

Clara schluckte. Die Frage war *nicht* neu. Dass Paul sie stellte, war neu. Ihre Schwester hatte es schon vorgeschlagen, Heide in der Klinik. Dutzende Ärzte und viele Verwandte. Aber sie hatte die Angebote zurückgewiesen. Was sollte das denn bringen? Kai war tot und er kam nicht zurück. Und diese Tatsache ließ sich nicht umschreiben.

»Danke, aber ich brauche keinen.«

»Hm, Clara, denk noch mal darüber nach. Jemand, der sich auskennt, würde dir sicher helfen können. Du siehst doch selbst, dass du Probleme hast.«

Clara knurrte. »Und ein Arzt soll mir diese Probleme nehmen?«

»Er soll dir helfen, besser mit ihnen umzugehen. Deine Gefühle zu ordnen, die Sache für dich begreifbar zu machen.«

»Hör auf!«, brüllte Clara und fasste sich an die Stirn. »Bitte, lass das. Das ist totaler Quatsch.«

»Du musst nicht wütend …«

»Doch muss ich. Wenn du so etwas sagst. Was glaubst du, was ich hier tagtäglich mache? Glaubst du, ich laufe im Kreis und frage mich, was morgen für ein Tag ist?«

»Mittwoch, falls du es wissen willst.«

»Ich tue das doch bereits«, rief Clara. »Ich mache es doch schon – Vater. Jeder Moment, jeder Augenblick ist mein Umgehen mit Gefühlen und der Versuch, es einzuordnen. Da wird mir kein Psychologe helfen können.«

Paul arbeitete weiter.

»Ich denke, du liegst falsch, Clara. Du unterschätzt das Potenzial an Hilfe, das dir diese Menschen geben können. Erinnerst du dich, als ich dir von meinen …«

»Deinen Zwängen, ich weiß«, säuselte Clara. Paul hatte sie gehabt, als sie klein gewesen war. Dann war er mehrmals in der Nacht aufgestanden, um zu prüfen, ob der Herd aus war. Einmal hatte sie ihm dabei zugeschaut und es hatte bis zu einer halben Stunde gedauert, bis er fertig gewesen war.

»Ja, sei bloß nicht eingeschnappt. Mir hat es sehr

geholfen, und heute bin ich faktisch geheilt. Dir könnte es auch helfen, wenn du es zulässt. Es muss auch kein Mann sein, sondern eine Frau, was hältst du davon?«

Clara überlegte, ob sie gehen sollte. In ihr Arbeitszimmer, um es nochmal mit dem Schreiben zu versuchen?

Hm …

Eher doch nicht!

»Egal ob Mann oder Frau. Es geht doch nicht darum, wer es ist, sondern was er anbietet, Vater«, erklärte Clara. »Ich bin fest davon überzeugt, dass mir diese Leute nicht helfen werden. Niemand kann das. Was passiert ist, ist passiert. Daran lässt sich nichts wegtherapieren.«

Das Klickern … Clara verzog das Gesicht.

»Schau dich doch mal an«, sagte Paul. »Glaubst du, das ist normal? Ich habe mal irgendwo gelesen, dass das Abstreiten der Geisteskrankheit ein Indiz für sie ist.«

Clara fuhr herum. »Willst du damit sagen, ich wäre geisteskrank?«

Paul stand neben dem Tisch. Die Kiste war offen und beinahe bis zum Rand gefüllt. Mit beiden Händen hielt er einen Stapel Porzellanteller umklammert.

Er machte eine überraschte Miene. »Oh, sieh mal einer an – verdammt!« Er trat zurück und riss die Augen auf, als sich ein Teller vom Stapel löste. Clara klappte der Mund auf, aber der Schrei blieb ihr in der Kehle steckten …

Der Teller zerplatzte auf dem Boden. Dutzende Splitter flogen an die Wände, verteilten sich.

Paul stellte den Stapel ab und eilte zu ihr. Keuchend sank Clara hinunter. Zitterte. Schweiß verteilte sich auf ihrer Stirn. Sie spürte Pauls Berührung.

Er raunte ihr etwas ins Ohr. »Atme … alles gut … ich …«

Ihre Gedanken tobten. Sie hatte den Zusammenprall vor Augen. Als Kai gestorben war … Der Schmerz, die krachenden Geräusche, die fliegenden Teller, die mit Wucht aus dem Lieferwagen drangen und ihre Windschutzscheibe zerschmetterten …

Holger Retzer

Holger steckte den Schlüssel in die Tür und machte auf. Das Licht der untergehenden Sonne strahlte auf den Flur. Er schloss die Tür hinter sich und zog die Jacke aus. Geräusche aus der Küche. Eine Stimme, die seinen Namen rief. Dann noch eine. Zwei Gestalten flitzten um die Ecke und rannten zu ihm.

Holger beugte sich hinunter und nahm seine Töchter in die Arme. Anna war zehn Jahre alt, Herta neun. Sie warfen sich ihm um den Hals, drückten ihn.

»Hallo Kinder, was ist denn los?«, fragte Holger. Er strich Anna über die blonden Haare, die sie zum Zopf gebunden hatte. Anna lächelte und deutete den Flur entlang. »Mama hat einen Kuchen gebacken und wir haben ihr geholfen.«

Holger nickte. »Deshalb riecht es hier so gut.« Das war schon vor der Tür wahrnehmbar gewesen. Der Geruch von Zucker und Karamell, als er vom Fahrrad gestiegen war.

Er nahm seine Töchter bei der Hand und sie führten ihn in die Küche. Hier war der Geruch am stärksten. Magda, seine Frau, hatte eine Schürze angezogen und stand vor dem glühenden Ofen.

Eine Dunstwelle schoss aus der oberen Öffnung. Anna und Herta eilten weiter ins Wohnzimmer. Sie kicherten.

Holger näherte sich seiner Frau und küsste sie auf den Mund. Magda lächelte ihm zu, dann blickte sie in den Ofen.

»Wie war es?«, fragte sie.

Holger lehnte sich an den Tresen. Er stellte seinen Rucksack ab, knetete die Nase.

»E-es … es war aufschlussreich. Wie jede Runde. Sie ist echt gut, wie du gesagt hast.«

Magda nickte. »Ich glaube, dass sie dir helfen wird, Holger. Mach dir keine Sorgen. Sie ist gut in dem, was sie tut.«

Holger starrte an die Decke. Die letzte Sitzung mit seiner Psychologin Stephanie war brauchbar verlaufen. Sie hatten über Gefühle, ihre Bedeutung und ihren Einfluss geredet, und Stephanie hatte ihm vorgeschlagen, die kommende Woche darauf zu achten, wie er fühlte und es im Zweifel aufzuschreiben, damit sie darüber reden konnten.

Zwar hatte er erst vier Sitzungen gehabt, aber es wurde schon besser.

Holger fasste sich auf die Brust, fühlte seinen Herzschlag.

»Du denkst nach, oder?«, fragte Magda. Sie streifte Handschuhe über und öffnete den Ofen. Holger sah zu, wie sie das Kuchenblech hervorzog und den dampfenden Kuchen auf den Herd stellte. »So, der muss jetzt abkühlen und dann kann er gegessen werden.« Sie öffnete die Schürze und hängte sie über den Türrahmen. »Willst du ins Wohnzimmer und mir sagen, was dich beschäftigt?« Sie ging voran.

Holger ließ den Kopf sinken.

Gerade musste er an den Unfall denken. Seitdem er passiert war, war kein Tag vergangen, an dem er nicht an ihn gedacht hatte. »*Normal* …«, hatte Stephanie gesagt, »*eine bewusste Reaktion unseres Bewusstseins, um uns zu schützen.*«

Wirklich? … Dieses ständige Denken war anstrengend. Deshalb hatte er auch sein privates Auto stehen lassen. Stattdessen fuhr er mit dem Rad oder dem Bus.

Er verließ die Küche und betrat das Wohnzimmer. Hier waren die Wände hellgrün. Eine große Stehlampe beleuchtete den Tisch. Anna und Herta platzierten gerade Teller, verteilten Gabeln. Es würde bald Essen geben. Rechts befand sich ein Sofa. Davor ein Fernseher. Magda saß auf dem Sofa und hatte Nachrichten eingeschaltet.

Der Geruch des Karamells verfolgte ihn. Er setzte sich neben sie, blies die Luft aus.

»Was bedrückt dich?«, fragte Magda.

»Ich … denke nur nach«, meinte er. »Du weißt, dass die Sitzungen mich immer wieder mit der Sache konfrontieren.«

»*Nennen Sie es beim Namen, Herr Retzer*«, rief Stephanie in seinen Gedanken. »*Versuchen Sie, das Ereignis wahrheitsgemäß zu benennen. Bedenken Sie: Egal, was Sie versuchen, es ist geschehen und es ist wahr. Damit müssen Sie umgehen lernen.*«

»Mit dem Unfall.«

Magda ergriff seine Hand. »Ich verstehe dich. Und ich möchte, dass du dir Zeit nimmst, Holger. Es … ist erst zwei Monate her. Da kannst du noch nicht viel erwarten.« Sie machte den Ton aus. »Ich glaube an dich.«

Holger lächelte. Er küsste seine Frau auf die Wange.

Anna und Herta sprangen durch den Raum, eilten um den Fernseher herum. Sie lachten und dann sah Holger etwas aus den Augenwinkeln.

Neeeein!

Er hob eine Hand, als Anna mit dem Rücken gegen das Regal stieß und die kleine Porzellanfigur eines Golden Retrievers zu Boden fiel.

Anna schrie auf. Die Figur zerplatzte.

Holger fuhr hoch. Seine Gedanken kreisten, da war … an früher …

»Hey, wie geht es Ihnen? … Hey! Alles okay?«

Ein Mann klopfte Holger gegen die Wange. Plötzlich wurde es grell. Holger sah Lichter. Ein Schwall dröhnender Geräusche, der zunahm. Er wollte die Arme heben … dann erlosch das Licht. Der Mann hatte die Lampe ausgeschaltet. Er griff hinter sich. Holger erkannte eine rote Weste, die dem Mann über der Brust spannte. Die Hände waren mit Handschuhen bedeckt.

Der Mann nahm ein weißes Tuch und drückte es ihm gegen die Stirn. »Erinnern Sie sich an Ihren Namen? Ihren Namen?«, fragte er.

Holger sah Menschen hin und her rennen. Polizei, Feuerwehr. Dutzende Stimmen.

»E-es …«, begann er. Die Schmerzen nahmen zu. Holger stöhnte. Der linke Arm war besonders schlimm.

»Es ist okay, wenn Sie nicht antworten möchten. Sie

sind verletzt.« Der Mann trug eine Brille, und seine Schläfen waren verschmiert. Was war passiert? Wo waren sie hier?

Holger versuchte, etwas zu erkennen. Es war ein Krankenwagen. Seine Türen waren geöffnet.

Draußen liefen Menschen herum.

Holger sah dem Mann in die Augen.

Der Mann, offenbar ein Sanitäter, seufzte und hob das Tuch. Damit berührte er Holgers Stirn. Holger stöhnte.

»Ganz ruhig, ich habe es gleich.«

Holger zischte. Der Mann nahm das Tuch zurück.

»Sie hatten einen schweren Unfall«, sagte er. »Sie können glücklich sein, dass Sie noch leben.«

Holger öffnete den Mund.

»Ich bin Gert, ich bin hier, um Ihnen zu helfen. Wir fahren Sie gleich ins Krankenhaus. Aber bisher kommen wir nicht durch. Die Straße ist dicht.«

Er nahm eine Plastikflasche, auf der *Desinfektion* stand und benässte das Tuch damit.

»Das wird jetzt wehtun. Ihre Nase sieht nicht besonders gut aus. Also … eins … zwei …«

Er legte das Tuch auf. »Drei.«

Holger schrie. Er wand sich und … Was? Entsetzt riss er die Augen auf. Er war festgebunden.

Panisch riss er an den Fesseln.

»Ganz ruhig.« Gert legte ihm eine Hand auf die Brust.

Holger starrte ihn an.

»Zu Ihrer Sicherheit. Alles zu Ihrer Sicherheit. Damit Sie nicht umkippen oder sich wehtun.« Gert klappte einen Sitz von der Wand und setzte sich. Draußen hatte ein Feuerwehrmann den Helm hochgeklappt und deutete um sich. Sein Gesicht war schwarz.

In der Ferne leuchteten blaue und rote Lichter.

»Können Sie sich noch an etwas erinnern?«, fragte Gert.

Holger musterte ihn. Sein Atem ging schnell.

»Ob Sie sich noch an was erinnern können?«, wiederholte er. »An den Unfall? Was davor passiert ist?«

Holger ließ den Kopf sinken. Was war nur passiert? Er schloss die Augen. Da war der Mond und … Die Wolken hatten sich verzogen. Eine klare Nacht. Er war da, zusammen mit anderen. Sie standen beisammen und redeten. Einige lachten. Einer rauchte.

Es war Lukas. Er …

»Schon scheiße, wenn man die Abendlieferung bringen muss, oder?« Er grinst und hackt sich die Hände unter die Achseln.

Die anderen lachen. Franz klopft ihm auf die Schulter. Er ist der Älteste. Anfang fünfzig, verheiratet, drei Kinder und arbeitet seit dreißig Jahren im Werk. Er hat die meiste Erfahrung.

Holger bohrt sich zwischen den Zähnen und spuckt auf den Boden. Dann beginnt er zu lachen.

»Habe mich ja auch freiwillig gemeldet«, sagt er.

Die anderen schütteln die Köpfe. Sie stehen vor dem Werk. Draußen ist es angenehm warm. Der Mond strahlt hell herunter.

»Immer vorsichtig sein. Gegen drei Uhr ist es am schwersten, oder Franz?« Justus sieht Franz auffordernd an.

Franz nimmt einen Zug an der Zigarette. Er nickt. »Und danach wird es nicht leichter«, sagt er. »Glaub mir, du wirst einiges an Kaffee brauchen, wenn du das schaffen willst.«

»Einen Vorteil hat es«, meldet sich Igor. Der Kleinste. Er ist Anfang dreißig und nur halb so groß wie die anderen. Dafür zäh und beharrlich. »Da du so spät unterwegs bist, werden die Straßen nicht so voll sein. Die meisten schlafen nämlich.«

Holger gluckst. Normalerweise sind diese Nachtfahrten nicht häufig. Die Firma gibt sich Mühe, die Fahrzeiten auf den frühen Morgen oder Mittag zu verschieben. Wenn sie nachts stattfinden, dann nur im Notfall.

Erst vor einer Stunde hat sich die Firmenleitung gemeldet und gesagt, dass jemand einen Auftrag übernehmen müsse. Eine Geschäftsstelle habe einen doppelten Betrag bezahlt und erwarte die Lieferung morgen. Holger hat sich gemeldet. Er ist sowieso an der Reihe.

Dorian, dessen Nase so breit ist, dass sie scheinbar die Oberlippe streift, kneift sich in das Kinn. »Solange deine Frau nicht daneben sitzt, ist alles gut. Dann hast du deine Ruhe.«

Die anderen lachen.

»Ich kenne das«, fügt er hinzu. »Einmal bin ich mit ihr

gefahren und sie hat einfach nicht aufgehört zu reden. Sie wollte mir die ganze Zeit von dem Treffen erzählen, bei dem sie gewesen ist. So ein Treffen von Frauen für Frauen, bei dem sie über alles reden – ihr versteht. Jedenfalls hat es mich so genervt, dass ich ab der Hälfte das Radio lauter gedreht habe. Mann, war sie sauer. Sie hat den ganzen Abend nicht mehr mit mir geredet.«

Igor klopft ihm gegen den Arm. »Was dir natürlich nichts ausgemacht hat.« Er grölt. Die anderen stimmen ein.

Dorian taxiert ihn. »Woher weißt du das?«

Sie lachen, rauchen, reden. Holger nimmt einen Schluck Wasser. Die anderen trinken Bier.

Wenig später blickt Holger auf die Uhr. Es wird Zeit. Bald ist es acht und es wird nicht heller. Die Lieferung muss pünktlich sein.

Er hebt das leere Glas. »Also, Leute, es wird Zeit. Papa muss los.«

»Ohh«, rufen die anderen.

Sie schlagen sich ein und dann geht Holger zum Lieferwagen. Ein Kleintransporter – kein großer Lkw – mit länglichem Laderaum, der das Zeichen der Firma trägt: *PSG-AG*. Der Wagen verfügt über eine Hebebühne und ausreichend Stauraum für vier Dutzend Packungen Porzellangeschirr.

Er steigt in den Wagen und schaltete das Licht ein. Die Kabine ist breit, bietet Platz. Er legt seinen Rucksack auf den Beifahrersitz und steckt den Schlüssel ein.

Unterhalb der Windschutzscheibe steht sein Glücksbringer, die Porzellanfigur eines Dackels. Davon hat er noch mehr zu Hause. Geschenke aus der Firma. Restware, die nicht verkauft wurde.

Er startet den Motor und schaltet das Licht ein. Er setzt zurück auf die Straße und blickt noch einmal zu seinen Leuten. Hinter ihnen ragen die Mauern des Werks auf. Imposante Türme, große Plätze. Er winkt ihnen zu, sie winken zurück.

Dann fährt er los. Von der Seitenstraße über den Kreisel auf die Autobahn.

Nach fünf Minuten verlässt er die Autobahn und fährt auf die Landstraßen. Zwei Spuren, gesäumt von Wäldern und kreisenden Schatten. Er schaltet das Radio ein und nimmt einen Schluck Kaffee. Dann steckt er den Becker wieder zurück …

Holger schwankte. Magda sprang auf, rief etwas. Sie flitzte aus dem Wohnzimmer. Anna und Herta zitterten. Er kam auf sie zu, ging an ihnen vorbei, bückte sich und berührte die Teile, die auf dem Boden lagen. Sein Herz schlug schnell.

Da war das Donnern des Aufpralls, die abrupten Schmerzen, als der Gurt sich in sein Fleisch gespannt hatte. Das Schmettern des Ladewagens.

Holger schlug sich eine Hand an die Wange. Anna berührte ihn.

NEEEEIN!

Er schlug ihr ins Gesicht.

Ein Stich in seinem Herz. Schlagartig kamen die

Geräusche zurück. Herta, die wegrannte – weinend. Magda, die anfing zu kreischen. Sie eilte zu ihrer Tochter und nahm sie mit. Anna stöhnte heftig.

Dabei rief Magda ihm Dinge entgegen. Dass er sich schämen solle. Dass er wahnsinnig sei.

Er sah Anna. Sie keuchte schwer. Er erhob sich, wollte zu ihr.

»Nein, Holger! Jetzt nicht!«

Holger sah zu, wie sie den Raum verließen. Fassungslos setzte er sich auf das Sofa und atmete heftig. Hitze durchströmte seine Glieder. Er legte die Hände zusammen und nahm einen tiefen Atemzug. Was war da nur in ihn gefahren? Das war doch ...

Später würde er Anna ansprechen, dachte Holger. Es würde schon klappen. Sie würde zuhören.

An das seitliche Fenster tropfte Regen. Danach hatte es heute Morgen noch nicht ausgesehen.

Holger verbarg sein Gesicht in Händen.

Clara Sarker

Paul setzte sich neben sie auf das Sofa und reichte ihr Tee in einer Plastiktasse. Clara nahm die Tasse. Die Wärme war angenehm.

Aus den Augenwinkeln sah sie auf ihren Stumpf.

Paul nahm einen Schluck aus seinem Glas. »Das muss dir nicht peinlich sein«, sagte er.

Clara sah ihn an. Sie spürte die Spuren ihrer Tränen auf den Wangen. »Danke.«

Paul nickte. »Es tut mir leid, was passiert ist.«

»Du trägst doch keine Schuld.«

»Du weißt, wie ich es meine. Das hätte meiner Tochter nie passieren sollen.« Er biss die Zähne zusammen. »Dieser Bastard.«

»Jetzt hörst *du* dich hasserfüllt an.«

»Du weißt, dass ich dich liebe, Clara. Ich bin immer für dich da.«

»Ich weiß.« Sie stellte die Tasse ab, umarmte ihren Vater.

»Ich denke, dass das irgendwann enden wird«, begann Paul. Er blickte aus den Fenstern, die den Wohnzimmerbereich umgaben. Große Glaswände. Stabil und mit einer Rundsicht nach draußen. Kai hatten diese Fenster immer gefallen. Er hatte sie als Lichtbringer bezeichnet.

Clara seufzte. »Ich verstehe nicht, warum es diese Wirkung auf mich hat«, rief sie.

»Was?«, fragte Paul. »Der Teller?«

Clara nickte.

»Nun, du reagierst auf diesen Moment, vor zwei

Monaten. Deine Psyche versucht, sich zu schützen«, sagte Paul.

Clara musterte ihn. »Und das hätte mir vermutlich auch ein Psychologe gesagt. Nur hätte ich hundert Euro für die Stunde zahlen müssen.«

Paul seufzte. »Aber er hätte dir auch zugehört und dir fundiert geantwortet. Diese Menschen sind ausgebildet, um in dich einzutauchen und zu verstehen, was dich umtreibt. Du weißt, dass ich es als hilfreich für dich ansehen würde.«

»Ja, ich verstehe.«

»Deine Mutter auch.«

»Hm.«

»Aber wir sind auch der Meinung, dass das nicht gegen deinen Willen passieren darf, Clara. Am Ende musst du es wollen. Sonst funktioniert es nicht.«

Clara lächelte. »Danke, Vater.«

»Ist doch klar. Es gibt da noch eine Sache, die ich mit dir besprechen muss, falls du dich bereit fühlst.«

Clara nickte. »Natürlich, frag nur.«

Paul holte ein Dokument aus seiner Gesäßtasche und schlug es auseinander. »Es geht um Kai, du erinnerst dich an diese Sache?« Er legte das Dokument auf den Glastisch.

Clara betrachtete es. Kais Bestattung. Natürlich … Sein Leichnam war eingeäschert worden. Danach hatte Paul gesagt, dass er sich um alles kümmern würde.

»W-was ist damit?« Sie überflog die Zeilen.

»Seine Bestattung wäre in drei Tagen, am Freitag.

Wäre dir das recht?«

»Du meinst, ob ich schon etwas vorhabe?« Sie blies die Luft aus. »Das hört sich gut an.«

»Auf dem Maltheimer Friedhof, neben seinen Eltern, wie er es gewollt hätte«, fügte Paul an.

»Das wäre wundervoll.«

»Wunderbar. Dann musst du das noch unterschreiben.« Er deutete auf das Papier.

Clara griff in ihre Hosentasche, holte einen Stift und unterschrieb mit links.

»Super.« Paul steckte das Papier ein. »Eigentlich wollte ich jetzt fahren, aber ich bleibe lieber noch bei dir. Oder über Nacht?« Er machte ein unschlüssiges Gesicht.

»Wenn du noch etwas bleibst, wäre ich dankbar. Über Nacht musst du nicht bleiben. Das ist nicht nötig.«

»Gut, wie du meinst. Pizza oder Indisch? Ich hätte ja Lust auf Indisch, aber …« Er reckte die Schultern.

Clara wiegte den Kopf. »I-ich habe nicht wirklich …«

»Indisch. Also ist es entschieden. Bleib ruhig sitzen. Ich bestelle.« Er stand auf und ging in die Küche, die mit dem Wohnzimmer verbunden war. In einer der Schubladen lagen die Bestellkataloge.

Clara prüfte ihren Tee. Wenn sie ihn jetzt nicht trank, würde er kalt werden …

Gegen Mitternacht fuhr Paul nach Hause und nahm alle Porzellansachen mit.

Clara ging in die Küche und schenkte sich ein Glas Wasser ein. Behutsam nippte sie daran. In der Küche roch es nach indischem Reis. Die Reste standen noch in der Mikrowelle.

Nachdenklich schritt sie Richtung Keller. Dort unten befanden sich Kais persönliche Sachen. Eine primitive Holztreppe führte hinunter.

Clara knipste das Licht an und folgte den Stufen. Je weiter sie ging, desto mehr roch es nach Staub und Moder. Hier lagerten alte Gegenstände, Lagerware. Bücher. In manchen Kisten befand sich Kleidung. In anderen Technikzeug. Das hatte Kai gehört. Er hatte sich mit solchen Dingen ausgekannt.

Clara erreichte den Boden und machte eine Leuchte an. Sie erhellte den Raum, warf Schatten an die Wände. Es war so still. Bis auf das Rauschen in den Wänden, durch die die Rohre verliefen.

Clara lehnte sich an einen Holzpfahl. Sie schluchzte. Dann stellte sie das Wasserglas auf den Boden und betrachtete die Kisten – jene von Kai. In ihnen lagen seine Sachen. Klamotten, seine Lieblingspuzzles.

Sie öffnete eine, griff hinein und fischte einen Mantel heraus. Er war braun. Kai hatte ihn nur einmal getragen. Er war deshalb nicht sonderlich benutzt.

Clara schluchzte. *Warum hast du ihn mir genommen?* Schmerz erfüllte sie. Ein Kribbeln in den Zehen. Der Boden hier war so kalt.

Komm zurück, dachte sie. *Bitte komm zurück. Verlass mich nicht!*

Sie spürte eine Berührung an der Schulter. Clara fuhr herum.

Dort schwebte Kai.

Erschrocken wich sie zurück. Ein Teil von Kai war sichtbar. Er ragte aus einem Loch, das gerade für seinen Arm reichte. Sein Gesicht war nicht zu sehen. Es lag hinter den Umrissen des Lochs verborgen, das in eine andere Gegend zu führen schien. Blaues Licht glitt über Kais Haut.

Entsetzt ließ Clara den Mantel fallen.

»Ganz ruhig, Clara. Ich bin es nur«, sagte er. Die Ränder des Loches waberten. Es schwebte in der Luft.

»W-wo bist du?«, fragte Clara.

»Ich bin auf der anderen Seite. Dies ist eine Pforte.«

»Kannst du nicht ganz zu mir kommen?«, fragte Clara. Sie spürte Tränen in den Augen.

Kai bewegte die Hand nach links und rechts. »Nein. Was geschehen ist, ist geschehen.«

»Der Unfall«, rief Clara.

»Ja.« Er winkte sie zu sich.

Clara kam näher.

»Clara«, begann Kai. »Ich bin gekommen, weil ich dir etwas sagen muss.«

»Was?«, hauchte Clara. Es war so kalt hier.

»Finde ihn!«, beharrte Kai. »Du musst ihn finden und zur Rechenschaft ziehen.«

»Wen?«, fragte Clara.

»Du hast mich gehört. *Ihn*. Du musst ihm den Schmerz zufügen, den er uns zugefügt hat. Er ist schuld. Du weißt es. Wir sind richtig gefahren. Er ist in uns rein.«

»I-ich weiß.«

»Du musst es tun«, erklärte Kai. »Sonst ... sonst gibt

es nichts, was dieses Unrecht wieder ausgleicht.«

»I-ich soll dich rächen?«

»Nein, nicht mich – uns. Wir beide sind Opfer. Er … ist der Täter.«

Das Loch verschwand, Clara öffnete die Augen. Das Licht an der Decke leuchtete. Sie lag auf dem Boden … Ihre Finger zitterten. W-was …? Hastig eilte sie die Treppe hinauf.

Es war ein Traum gewesen, dachte sie. Ein realer Traum.

Sie schaltete das Licht aus und schloss die obere Tür. Im Wohnbereich war es wieder wärmer.

Was zum Teufel hatte Kai da nur gefordert? Aber … Moment! Es war ohnehin nicht Kais Stimme gewesen. Kai hätte so etwas nicht gefordert. Nie!

Sie eilte in ihr Arbeitszimmer im ersten Stock und setzte sich vor den Computer. Er lief noch. Als sie die Maus bewegte, tauchte ihr Dokument auf. Sie löschte die letzten Einträge und wartete. Draußen war es düster. Die Sterne waren kaum zu sehen. Der Regen hatte aufgehört.

Müde wischte sie sich über die Stirn. Am besten wäre es, wenn Holger an einer grausamen Krankheit verendete, denn das wäre nur fair. Ein Leben für ein Leben.

Zögerlich legte sie die linke Hand auf die Tastatur. Langsam begann sie zu tippen. Nach einer Minute waren zwei kurze Sätze getippt. Sie speicherte und schaltete den Computer aus.

Danach ging sie in ihr Schlafzimmer. Die Decken

waren noch von heute Morgen aufgewühlt.
Sie legte sich ins Bett, schloss die Augen.

Holger Retzer

Nach einer Stunde hörte der Regen auf. Er war immer noch allein. Seine Familie war oben geblieben. Ob sie Angst hatten?

Er stand auf und nahm einen tiefen Atemzug. Die Reste der Porzellanfigur lagen noch auf dem Boden. Verbittert presste er die Zähne aufeinander. Die Splitter erinnerten ihn an die furchtbare Situation, den Aufprall, den Schrei, die vielen Teller, die durch die Luft geflogen waren. Ein Mensch war tot, dachte er. Einer war gestorben. Nur sie hatte überlebt.

Sie.

Clara Sarker. Eine berühmte Autorin, die unter Pseudonym veröffentlichte. Ihr Mann war gestorben, aber sie hatte überlebt. Holger hatte nie mit ihr geredet. Er hatte sie nur gesehen. Beim Unfallort, als Bild in der Zeitung. Sie hatten nie ein Wort gewechselt, auch nicht, als das Gericht entschieden hatte, dass ihn keine Schuld traf, aufgrund mangelnder Beweise.

Aussage gegen Aussage.

Holger ließ sich auf den Boden sinken. Der süße Karamellgeruch war verzogen.

Aussage gegen Aussage, dachte er.

Clara hatte gesagt, er wäre in sie gefahren. Er hatte gesagt, sie wäre in ihn gefahren. Oder ihr Mann. Nur war ihr Mann tot und hatte keine Aussage tätigen können. Wenn er überlebt hätte, wäre es vermutlich anders ausgegangen.

Holger fuhr sich über die Stirn. Diese Schuld, dachte

er. *Sie brennt wie ein Feuer in meiner Seele.*

Er stöhnte.

Lügen, Lügen, Lügen.

Holger schloss die Augen. Er hatte es für seine Familie getan. Weil er sie liebte. Weil sie alles für ihn bedeutete.

Hastig hob er die Splitter auf und brachte sie in die Küche. Dort warf er sie weg.

Jetzt musste er sich entschuldigen.

Er ging aus der Küche und die Stufen hinauf in den ersten Stock. Dort waren die Schlafzimmer. Wo seine Familie wohl war? Was würde Magda sagen? Sie hatte ihn als wahnsinnig bezeichnet. Das hatte sie noch nie gemacht.

Er fuhr sich über das Kinn. Sein kurzer Bart kratzte. Vor der Zimmertür der Mädchen blieb er stehen, klopfte. Nichts. Er trat ein.

Dort waren sie. Magda mit den Kindern. Sie lagen im Bett, die Mädchen in den Armen ihrer Mutter. Sie schienen zu weinen, denn ihre Körper bebten.

Magda sah ihn an, als er eintrat.

In ihrem Blick lag Finsternis.

Holger schloss die Tür hinter sich. Die Mädchen sahen hoch. Anna schluchzte. Holger passierte den Raum und setzte sich auf das gegenüberliegende Bett. Aufgewühlt knetete er die Finger.

»I-ich … weiß nicht, was ich sagen soll«, begann Holger. Tränen traten in seine Augen. »E-es tut mir s-so entsetzlich leid, was passiert ist. Es war ein Affekt. Ich wusste nicht, was über mich gekommen ist. Ich habe nie geschlagen – das wisst ihr.« Er ließ den Kopf sinken.

Die Kinder sahen ihn verständnisvoll an. Anna wischte sich die Tränen aus dem Gesicht. Ihre Haare waren zerzaust.

»Bitte – könnt ihr mir verzeihen, bitte?« Er ging auf die Knie.

»Papa.« Anna sprang aus dem Bett. Sie lief zu ihm und drückte sich an seinen Hals. »Ich verzeihe dir.« Sie bettete ihren Kopf auf seine Brust. Holger strich ihr über die Haare.

»Danke«, flüsterte er.

Herta kam angelaufen und drückte sich ebenfalls an ihn. »I-ich verspreche euch – es kommt nie wieder vor. Nie wieder.« Er küsste beide auf den Kopf.

Magda zog die Decke zurück und schritt aus dem Zimmer. Hinter sich machte sie die Tür zu.

Scheinbar war sie nicht überzeugt. »Okay ...« Er ließ die Mädchen los. »Geht ihr schon mal runter und wartet, bis wir kommen. Mami und Papi müssen sich noch unterhalten.« Die beiden flitzten aus dem Zimmer.

Holger sah ihnen nach. Dann stand er auf und trat hinaus auf den Gang.

Ihre Schlafzimmertür war angelehnt. Dahinter brannte Licht.

Er ging auf die Tür zu, öffnete. Magda lag im Bett, ein Buch in der Hand. Als er hereinkam, musterte sie ihn über den Einband hinweg. »Ich sehe ... die Mädchen haben dir verziehen.« Sie ließ das Buch sinken.

Holger setzte sich auf die Bettkante. »Du offenbar nicht.«

Magda zog die Brille ab. »Ich wüsste nicht, warum ich dir verzeihen sollte. Du hast mir ja nichts getan, sondern ihr.«

»Du bist mir aber trotzdem böse?«

»Nicht böse – obwohl, das auch. Aber vielmehr entsetzt. So etwas hast du noch nie gemacht!«

»Ich weiß und es tut mir so weh. Ich fühle mich schrecklich.«

»Anna war komplett verstört. Sie wird dir verziehen haben, aber ganz ist sie nicht darüber hinweg. Es wird eine gewisse Auswirkung gehabt haben.«

Holger nickte. »Ich verstehe.«

»Und was uns angeht: Ich bin mir nicht sicher, was ich denken soll. Der Mann, der meine Tochter geschlagen hat, ist nicht der, den ich geheiratet habe.«

Holger sah auf. »Er *ist* auch jemand anderes«, sagte er. »Du weißt, dass das ein Schock war. I-ich … die Scherben haben mich durchdrehen lassen, Magda. Ich wusste nicht, wie mir geschieht.«

»Und das nächste Mal?«, fragte Magda. »Was ist, wenn wieder Scherben entstehen? Schlägst du uns dann allen den Kopf ein?«

Holger verzog das Gesicht. »Das ist Unsinn und das weißt du auch! Ich würde so etwas niemals tun. Die Kinder wissen das.«

Magda steckte sich einen Brillenhalter zwischen die Lippen. »Ich hoffe wirklich, dass dir Stephanie helfen kann.«

»Sonst … was?«, fragte Holger.

»Ansonsten müssen wir uns eine andere Hilfe suchen, Holger. Wir müssen als Familie zusammenstehen.« Sie warf die Decke zurück und kam zu ihm. Sanft legte sie ihm eine Hand auf die Schulter. »Es tut mir leid, was ich unten gesagt habe. Aber für mich war die Situation genauso neu, wie für dich. Das musst du verstehen.«

»Tue ich«, sagte Holger.

»Wir stehen da gemeinsam drin«, sagte Magda. Holger sah sie an. Sie nickte. »Der Unfall, was danach kommt. Wir stehen da zusammen drin. Lass uns eine Familie sein. Das heißt auch, dass du dich beherrschen musst, wenn dich Gedanken übermannen.«

Holger spürte eine Träne. »Ja.«

Sie umarmten sich.

»Komm«, sagte Magda. »Die Kinder warten schon. Zeit für das Essen.«

Karl Master

Karl starrte in die Flammen des Kamins. Der Raum war leer bis auf einen Stuhl, einen Tisch und das brennende Feuer.

Die wenigen Fenster waren geschlossen. Die Vorhänge hingen lasch an Metallhaken.

Karl fühlte eine Schwere entlang seines Rückens. In seinem Kopf kreisten Gedanken.

Er überlegte, wann das Feuer ausgehen würde. Gerade loderte es stark.

Es gab so viel zu tun … Der Laden lief nicht besonders, aber das spielte keine Rolle, denn solange er dem Meister diente, musste er kein Geld verdienen. Essen und trinken musste er auch nicht … Er war befreit von den Lastern des Lebens. Zwar nicht frei im Willen, dafür frei, zu leben.

Als er vor Jahren in den Dienst des Meisters getreten war, hatte ihm die Box alles erklärt und er hatte angenommen.

Die Box war machtvoll. Sie war fähig, die Geschicke der Menschen zu ändern. Und wer sich nicht fügte, würde untergehen.

Er griff zum Weinglas auf dem nahen Tisch, nahm einen Schluck.

Die Flüssigkeit glitt seine Kehle hinunter. Geschmack hatte er keinen mehr, aber die Erinnerung war geblieben. Karl stöhnte gelassen. Damals hatte ihm Wein gut geschmeckt.

Er stellte das Glas ab und stand auf. Vor dem Fenster blieb er stehen, sah hinaus. Draußen lagen die Straßen und Gassen der Innenstadt. Ein Labyrinth aus Wegen, Geschäften und offenen Plätzen. Menschen, die flanierten. Junge Menschen. Potenzielle Kandidaten. Karl spürte, dass er handeln musste. Irgendwas würde geschehen. Der Meister war wachsam.

Ein Krachen ließ ihn zusammenfahren. Karl schloss die Augen ... Der Meister war gekommen.

Schnell sank er in die Knie und legte die Hände auf das Fensterbrett.

Hinter ihm raschelte es. Dann legten sich zwei Hände auf seine Schultern. Eine raue Stimme erreichte seine Ohren, ließ ihn frösteln.

»Ich brauche wieder jemanden«, sagte der Meister. »Karl, du musst dafür sorgen, dass jemand kommt.«

»Ich werde alles Mögliche unternehmen, Meister«, sagte Karl.

Die Hände rührten sich auf seinen Schultern.

»Sag allen Bescheid. Ich sehne mich danach.« Die Hände zogen sich zurück. Karl zählte die Sekunden. Bei elf machte er die Augen auf und starrte in das Fensterglas. Er war allein.

Schnell setzte er sich auf den nahen Stuhl. Er holte sein Handy und tippte eine Nachricht ...

Er schickte sie an alle ...

Clara Sarker

Am Mittwoch ging Clara einkaufen. Sie zog sich an, warf eine Jacke über, und trat ins Freie. Frische Luft wehte ihr entgegen. Ein sanfter Nebel hing über der Landschaft. Hier, in der freien Natur, außerhalb der Innenstadt, umringt von grünen Wäldern, Bäumen und der Idylle des großen Hauses, war es ruhig.

Clara zog ihren Schal zurecht und blickte die Wände des großen Hauses hinauf. Das Gebäude war immer noch schön, nur belastet. Erinnerungen hingen an diesem Ort, die einfach nicht weggehen wollten.

Ein Fluch, dachte Clara. Sie schloss die Garage auf, stieg in ihren Wagen und fuhr los.

Gedanken überhäuften ihr Gemüt. Sie erinnerte sich an Kai, der gefahren war. So hatte es angefangen … *Nein, lass nicht zu, dass es dich übermannt!*

Das war die letzten Mal auch passiert. Jedes Mal, wenn sie im Auto saß. *Und es wird so weitergehen, bis es endet.*

Sie öffnete das Tor ihrer Zufahrt mit einem Knopf und bog dann auf die Straße. Der Supermarkt war fünfzehn Minuten entfernt. Clara gab Gas. Nach einer Weile bog sie ein letztes Mal ab und steuerte auf den Parkplatz des Supermarkts. Dort stellte sie den Wagen auf einen Behindertenparkplatz. *Gut*, dachte sie … Sie war angekommen.

Sie stieg aus, nahm ihre Einkaufstasche mit und ging los. Viele Menschen waren unterwegs.

Darunter auch viele Männer … Clara merkte einen Knoten in der Brust. In einer Menge konnte doch alles passieren ... Manchmal erkannten sie eifrige Leser, oder es könnte auch ein Mann sein, der sie angriff, da er Geld wollte. Ein Mann, der sie missbrauchen wollte. Ein Mann, der sie beleidigte und vor allen bloßstellte. Ein Mann, der in ihr Auto fuhr und die Liebe ihres Lebens tötete ...

Holger Retzer

Holger stieg aus dem Wagen und zog seine Kappe zurecht. Er stank nach Schweiß, Tropfen übersäten seine Stirn. Hastig wischte er sie weg.

Er hatte den Auftrag gut ausgeführt. Alles war glatt verlaufen. Jetzt war er fertig und stand vor der Firma. Er brauchte diese Arbeit, das Geld.

Sein Puls ging schnell.

Er rannte über das Gelände und betrat das Sammelhaus. Es bestand aus mehreren Räumen, in denen die Fahrer eine Küche besaßen, Umkleidekabinen und Toiletten. Manchmal veranstalteten sie Feiern, zu denen alle eingeladen waren.

Holger steuerte durch die Küche in die Umkleidekabinen und blieb stehen. Sein Mund klappte auf und er spürte einen Stich in seinem linken Bein.

Was …

Er kam näher. Jemand hatte seinen Spind verschmiert. Mit großen schwarzen Buchstaben hatte jemand das Wort *Mörder* daraufgeschrieben.

Fassungslos setzte sich Holger auf die nahe Bank. Das konnte doch nicht …

Er stand auf und fuhr über die Buchstaben. Es war Graffiti.

Wer hatte das getan? Seine Kollegen vielleicht oder ein anderer Fahrer, mit dem er sich nicht gut verstand? Es gab wenige, aber es gab sie.

Holger schluckte.

Schnell rannte er ins Bad und machte einen Lappen nass. Damit kam er zurück und begann zu wischen. Zuerst passierte nichts, dann lösten sich Teile aus den Lettern und das Blaue des Spinds kam wieder zum Vorschein.

Holger keuchte. Hoffentlich kam niemand rein, während er diesen Schmutz entfernte.

Er rannte zurück ins Bad, benässte den Lappen und ging wieder zu dem Spind. Dann wischte er weiter. So lange, bis das Wort nicht mehr zu lesen war.

Erleichtert atmete er aus. Dieser Raum war nicht videoüberwacht, sonst hätte er Bernd um Erlaubnis fragen können, die Aufnahmen zu sehen.

Er öffnete den Spind und holte seine Sachen. Etwas zu essen, den Geldbeutel und eine Tüte. Er musste noch einkaufen und das sollte er wohl besser jetzt erledigen. Der nächste Supermarkt war auch nicht weit. Er könnte direkt hinlaufen.

Clara Sarker

Clara bog in einen der Seitengänge des Supermarktes. Das meiste hatte sie schon gefunden und jetzt bräuchte sie nur noch ... Ein Wagen bog gegenüber in den Gang ein. Eine kleine, ältere Dame schob ihn. Sie trug einen Dutt.

Clara prüfte die Namen der Müslipackungen.

Von vorne war das Rattern des Wagens zu hören. Er kam näher, näher und hielt.

Clara nahm eine Packung aus dem seitlichen Regal und las die Zutatenliste. Abgepacktes Müsli war vielleicht nicht gesund, aber dafür schnell.

Sie stellte ihre Einkaufstasche ab, steckte die Packung rein und ging weiter.

»Verzeihen Sie.«

Clara blieb stehen, sah nach links. Die Frau stand da – lächelnd, die kleinen Augen aufgerissen. Falten spannten sich um ihre Nase. An den Ohren trug sie opulente Ringe. Ihre Haut war weiß und eingefallen.

»Sind Sie nicht ... i-ich kann es nicht glauben.« Die Frau fasste sich an die Stirn. »Warten Sie – nicht sagen, ich komme selbst drauf.«

Clara versuchte ein Lächeln. *Oh nein, bitte nicht jetzt.*

»Cora – nein ...« Die Frau tippte sich an das Kinn. »Nichts sagen! Ich habe es gleich – Clara!« Ihre Augen strahlten. »Clara und wie weiter?«

»S. Stalker«, bekundete Clara.

»Jaaa, jetzt weiß ich es wieder.« Die Frau klatschte in die Hände. »Ich habe mehrere Ihrer Bücher gelesen. Fantastisch. Sie sind unglaublich talentiert.«

Clara nickte dankbar.

»Wie hieß das eine Buch … das mit dem Jungen, der in ein Loch fällt, das nicht endet?« Sie schnippte mit den Fingern.

»Freier Fall«, erklärte Clara.

»Jaaa, genau und das … wo der Vater Selbstmord begeht, indem er von einem Hochhaus springt und überlebt? Wie hieß das?«

»Äh … Erratische Gene.«

»Ich liebe es.« Sie berührte Claras Arm. »Diese Bücher sind … sie sind …« Die Frau hielt inne. Clara seufzte.

»Oh je.« Die Frau zog die Hand zurück.

»Ist das der ...« Sie machte eine erschütterte Miene. »Das tut mir so leid, was Ihnen widerfahren ist. Wirklich. Von ganzem Herzen.«

»Danke. Ich danke Ihnen wirklich«, sagte Clara.

»Wenn so etwas passiert … Ich habe es Ihnen gleich angesehen, als ich Sie gesehen habe.« Sie deutete an das Ende des Ganges. »Da ist mir aufgefallen, dass Sie Qualen durchleiden. Ich fragte mich: Was ist nur mit dieser armen Frau? Und jetzt ist es mir klar … Die berühmte Autorin, die alles bei einem Unfall verloren hat.«

Clara zog die Augenbrauen hoch. »Also alles habe ich nicht verloren, aber …«

»Sagen Sie es nicht«, meinte die Frau. »Nicht hier, nicht so. Es bringt nur Schmerzen.«

»Sie haben nicht unrecht«, sagte Clara. »I-ich äh … muss dann mal weiter.«

»Und möge Sie der Herrgott beschützen.«

Clara nickte und ging weiter. Am Ende des Gangs bog sie um die Ecke. Stieß mit etwas zusammen.

Sie schrie auf und fiel auf den Boden. Schmerzen bohrten sich ihren Rücken hinauf …

Holger Retzer

Holger riss die Augen auf. Oh nein, dachte er. War das seine Schuld? Er war doch normal gelaufen. Vielleicht etwas schnell, aber nicht überstürzt.

Er eilte zu der Frau und berührte sie an der Schulter. Mein Gott. *Sie hat ja nur eine Hand.*

»Geht es Ihnen gut? Ist alles in Ordnung?« In der Ferne stand eine alte Frau, die zu ihnen sah.

Die Frau auf dem Boden stöhnte. Holger starrte auf den Stumpf. Er sah fürchterlich aus. Wie das wohl passiert war?

Er stützte sie am Rücken und half ihr hoch. Die Frau stöhnte erneut und ein Speichelfaden rann über ihr Kinn. Sie hob den Kopf – lächelnd, mühevoll, – starrte ihm in die Augen …

Ihr Mund klappte auf. Dann riss sie sich los und wankte zurück. »Sie … Sie …« Sie zeigte auf ihn.

»I-ist alles okay?«, fragte Holger. Er ging auf sie zu, aber sie wich zurück. Ein paar Kunden blieben stehen, sahen zu ihnen. »Es tut mir leid, aber Sie sind sehr hastig um die Ecke gebogen.«

Die Frau krachte gegen ein Regal und landete erneut auf dem Boden. Eine Müslidose rollte neben sie.

Die alte Frau von hinten setzte sich in Bewegung.

Was war hier nur los?

Die Frau auf dem Boden schüttelte den Kopf. »Mörder!«, schrie sie. »Mörder!«

Holger fasste sich an die Brust. Sein Gesicht lief rot an. Die alte Frau kam näher.

»Sie müssen mich verwechseln«, erwiderte er. Er

sollte besser gehen.

»Er hat meinen Mann ermordet! Er hat meinen Mann ermordet!« Die Frau deutete mit dem Stumpf auf ihn.

Holgers Magen zog sich zusammen.

Die Frau, der Stumpf. Ihr Mann. Mörder.

Das war Clara Sarker, die Autorin, mit der er den Unfall gehabt hatte. Was tat sie hier? Er hatte sie hier noch nie gesehen. Holger spürte einen Kloß im Hals.

Hastig drehte er sich um. Die Menschen starrten ihn an.

»Nein«, rief er. »Sie ist krank und braucht dringend Hilfe.«

Die alte Frau kam angerannt und kniete sich zu Clara. »Sie Ungeheuer!«, rief sie. »Verschwinden Sie. Lassen Sie sie in Ruhe!«

Holger starrte sie an. Wer war diese Frau? Claras Mutter?

Er packte seine Tüte und stürmte davon. An den Menschen vorbei, zum anderen Ende des Supermarkts und dann zur Kasse.

Ob sie das Wort auf seinen Spind geschrieben hatte?

An der Kasse zahlte Holger und verließ den Supermarkt.

Hatte sie …?

Clara Sarker

Clara bezahlte ihre Einkäufe. Die Kassiererin, mit breitem Vorbau und einem Muttermal am Kinn, sah sie geduldig an, während sie in ihrer Briefbörse wühlte. Ein Kunde in der Reihe schnaufte.

Die Kassiererin räusperte sich. »Verzeihung, aber die anderen warten.«

Clara zog einen Schein heraus, reichte ihn weiter.

Die Kassiererin rechnete ab und gab ihr das Rückgeld.

Clara packte ihre Tasche und verließ den Supermarkt.

So schnell sie konnte, ging sie zu ihrem Auto. Dieser Zusammenstoß mit Holger gerade eben war anders gewesen … anders, als die vorherigen Male bei Gericht. Bei der Polizei.

Er war ein unscheinbarer Mann. Etwas groß, mit spitzer Nase. Vor Gericht hatte er freundlich gewirkt, aber … Sie hatte die Bilder im Kopf. Die schwebenden Teller, das verzerrte Gesicht. Er war in ihr Auto gefahren. So war es gewesen. Holger hatte gelogen, um sich zu retten. Und damit war er davongekommen.

Clara öffnete ihren Wagen. Sie warf die Tasche auf die hinteren Sitze und stieg vorne ein. Entschieden zog sie die Tür zu. Tränen traten in ihre Augen, liefen zu ihrem Kinn. Sie schluchzte und legte den Stumpf auf den Beifahrersitz.

»Komm zurück«, raunte Clara. »Bitte, Kai. Du musst zurückkommen.« Sie schloss die Augen. »Ich kann das nicht mehr.«

Es klopfte an der Fensterscheibe.

Clara fuhr zusammen. Rasch öffnete sie die Augen. Draußen stand die alte Frau.

Was wollte die denn jetzt?

Sie öffnet das Fenster ein Stück. »Ja?« Sie wischte sich über das Gesicht.

Die alte Frau schüttelte den Kopf. »Sie arme Frau«, begann sie. »Ich möchte Ihnen das hier geben.« Die Frau reichte ihr eine Karte.

»Was ist das?« Clara nahm die Karte. Auf ihr stand: *Die magische Kraft der Worte – das Treffen für Mut, Selbsterkennung und Glück. Nur Frauen.*

Clara zog die Brauen zusammen. »Was soll das sein?«

»Ein Treffen für Frauen, die Schweres durchgemacht haben. Männer sind nicht dabei«, antwortete die alte Frau. »Ich würde Sie bitten zu kommen, Clara. Ich denke, dass es Ihnen guttun wird, wenn Sie sich ein paar Dinge von der Seele reden.«

Clara versuchte ein Lächeln. »Äh, nein danke, ich glaube, das brauche ich nicht.«

»Sind Sie sicher? Schauen Sie mal in den Spiegel.«

Clara tat es. Ihre Haare waren zerzaust, die Stirn in Falten gelegt. Der Glanz war schon lange aus ihren Augen verschwunden. *Oh Gott.*

»Nehmen Sie die Karte und überlegen Sie es sich, Clara. Ich bitte Sie. Sie werden es nicht bereuen. Alles, was wir sagen, bleibt unter uns. Ich werde auch da sein.« Sie streckte die Hand ins Auto. Clara ergriff sie zögerlich.

»Petunia Malter«, sagte sie. »Es freut mich, dich kennenzulernen.«

Clara nickte. »Danke, Petunia. Ich äh … ich werde es mir überlegen.«

»Mehr verlange ich nicht. Wir sehen uns.« Sie hob eine Hand zum Abschied und ging davon. Clara sah ihr nach. Eine gutmütige Frau.

Sie schloss das Fenster und legte den Rückwärtsgang ein.

Niedergeschlagen fuhr sie nach Hause.

Holger Retzer

Als Holger seine Wohnung betrat, war niemand da. Komisch, dachte er. Dabei war es kurz nach vier. Vielleicht waren sie aber auch in der Stadt oder bei einer von Magdas Freundinnen.

Holger zog die Jacke aus und streifte die Schuhe ab. Dann lief er an der Küche vorbei ins Wohnzimmer. Der kleine Garten, der an das Haus anschloss, war nass. Es hatte wieder geregnet. Die Wolken waren düster.

Nachdenklich stellte er sich vor das Fenster. Der Gedanke an den Supermarkt kam hoch. Mit vielem hatte er ja gerechnet, aber nicht mit Clara Sarker.

Die letzten Wochen seit ihrem Treffen beim Gericht war sie wie ein Phantom gewesen. Eine geistige Erscheinung, kaum mehr als ein Dämon in seinem Verstand. Und jetzt?

Holger schüttelte den Kopf, setzte sich auf einen Stuhl.

Zuerst die Schmiererei auf dem Spind, dann der Einkauf. Es musste Clara gewesen sein … Wer hätte das sonst auf seinen Spind schreiben sollen?

Immerhin hatte sie ihn auch als Mörder bezeichnet. Aber er war kein Mörder. Er hatte niemanden umbringen wollen. Es war ein Unfall gewesen.

Neeeein! Lass mich in Ruhe!

Er stand auf, schlenderte im Kreis. Schließlich verließ er das Wohnzimmer und ging in den Keller.

Er war nicht sehr groß. Die meisten Kisten hier unten waren mit überflüssigem Zeug gefüllt. Klamotten und verbrauchte Gegenstände. Auch Spielsachen der Kinder.

Im dämmrigen Licht blieb er stehen. Niemand war hier, um zu helfen und Stephanie würde er erst nächste Woche treffen. *Verdammt!*

Er hätte am besten nie in diesen Wagen steigen sollen. Er hätte …

Holger sprang durch die Radiosender. Gerade war der Empfang schlecht. Draußen war es dunkel, aber der Himmel war klar und Sterne strahlten über den Horizont. Das Licht des Wagens war eingeschaltet. Er fuhr mit gemütlichen 80 km/h durch die Landschaft.

Die Straße verlief in Serpentinen, mal hoch, dann runter. Holger drückte auf den Knopf und sah auf den Bildschirm. *Hm … eher nicht.*

Er sah nach vorn und löste den Fuß vom Pedal. Die Geschwindigkeit nahm ab. Dann suchte er weiter durch die Sender.

So ein Mist, dachte Holger. Er suchte weiter. Die Straße machte eine scharfe Kurve. »Ups!« Er trat auf die Bremse und drehte das Lenkrad. Der Wagen schwankte und zog an den Rand der Straße. Dann stabilisierte er sich und es ging wieder geradeaus.

»So was.« Er sah auf den Bildschirm. Ein neuer Sender sprang an. Musik lief im Hintergrund. »So ist es besser.«

Er lehnte sich zurück und sah auf die Straße. Noch war er nicht lange unterwegs, aber die Müdigkeit hatte eingesetzt. Der Kaffeebecher hing im Halter.

Holger nahm ihn und genehmigte sich einen Schluck. Das würde reichen müssen.

Er fuhr einen Hügel hoch und auf der anderen Seite hinunter. Die Lichter strahlten über die Gegend. Bäume ragten auf. Holger lächelte. Es würde eine entspannte Fahrt werden.

Clara Sarker

Clara warf die Tasche auf den Tisch in der Küche und zog die Jacke aus. Betrübt ging sie ins Wohnzimmer und setzte sich auf das Sofa.

Eigentlich müsste sie noch schreiben, aber gerade ging es nicht. Sie sah hinaus. Es hatte wieder geregnet. Die Fenster waren nass und die Wolken bekundeten, dass es bald wieder anfangen würde. Ihr Telefon klingelte. Dann nicht mehr.

Clara seufzte. Vermutlich war das ihre Schwester.

Sie lehnte sich zurück. Ihre Brust bebte.

Hier kann er dir nichts tun!, meinte eine Stimme in ihrem Kopf. *Du bist zu Hause und allein. Niemand kann dir Leid zufügen.*

»Ha!« Clara sprang auf und rannte aus der Küche Richtung Keller. »Er kann mir immer etwas tun. Immer. Egal, wo ich bin – ich bin ihm ausgeliefert! Sogar jetzt. In meinem eigenen Haus.«

Sie erinnerte sich an gestern, als sie im Keller geschlafen hatte und Kai erschienen war.

Sie öffnete die Tür und ging die Stufen hinunter. Unten stand noch ihr Wasserglas von gestern.

Vielleicht, dachte sie, *wenn ich mich hinlege, kommt er zurück. Dann sehe ich ihn wieder.*

Sie schluchzte. Es war kalt hier unten.

Der Mantel lag auf dem Boden. Die Kiste war offen.

Clara nahm den Mantel und strich mit ihrem Stumpf drüber. Der Mantel war weich. Tränen quollen ihr aus den Augen. Ausgelaugt ließ sie sich auf den Boden sinken und schloss die Augen. Den Mantel benutzte sie als Kissen.

Sie versuchte, an Kai zu denken. Ein Bild stieg auf. Es zeigte Kai auf einem Felsen sitzend, die Knie angezogen und auf das Meer starrend. Er sah so glücklich aus.

Kai wandte sich ihr zu, lächelte. Jetzt trug er einen Anzug und schritt aus einem Gebäude … Die Stadthalle.

Clara erschrak. Sie war nicht mehr am Strand. Nein! Kai fuhr und sie saßen im Auto …

Er drehte das Radio leiser. Die Straße war düster. Außer ihnen war niemand in der Nähe. Bäume und Landschaften zogen an ihnen vorbei.

»Was ist?«, fragte er.

»Nichts.« Sie sah ihn an. Im Hintergrund säuselte eine bedächtige Melodie.

»Das war doch ein wundervoller Abend, nicht wahr?« Er erwiderte ihren Blick.

Sie nickte. »Zu erfolgreich. Aber mein Verleger hat sich, denke ich, mehr gefreut als ich.«

»Er wirkte ein wenig aufgedreht«, sagte Kai.

»Ist er auch. Aber auch zielstrebig. Ihm verdanke ich viel.«

Kai klopfte auf das Lenkrad. »Du bist sehr erfolgreich. Das freut mich für dich, Clara. Ich weiß, wie wichtig dir das Schreiben ist.«

Sie berührte ihn am Arm. »Danke, Kai. Ohne dich hätte ich das alles aber nicht geschafft.«

Kai machte eine verblüffte Miene. »Ich habe gar nichts

gemacht.« Er lachte.

»Doch«, beharrte Clara, »du hast mir in vielen Dingen den Rücken freigehalten. Ich war nur so gut, wie meine Umgebung es zugelassen hat.«

Er zuckte die Achseln. »Na, wenn das so ist.«

Sie fuhren auf einen Hügel und auf der anderen Seite hinunter. Kai lenkte in eine scharfe Kurve und trat auf die Bremse.

»Willst du nicht etwas langsamer fahren?«, fragte Clara.

Kai reduzierte die Geschwindigkeit. »Keine Sorge, ich habe alles im Griff. Wir sind ja gleich zu Hause. Möchtest du noch was essen?«

»Nein.« Clara winkte ab. »Ich hatte genug. Der Raum war ja voll mit Essen.«

»Und was wäre mit einem kleinen Wein, für den Abschluss des Tages?«

Clara lächelte. »Hm, eher nicht. Ich bin müde.«

»Und was wäre mit … anderen Dingen?« Er legte ihr eine Hand auf den Oberschenkel.

Clara umfasste sie. »Im Zweifel … könnte ich mich überreden lassen.«

»So«, sagte Kai mit französischem Akzent. »Könnten Sie das?«

Er bremste ruckartig …

Holger Retzer

Eine entspannte Fahrt, dachte Holger. Aber es war keine geworden! Stattdessen war das Schlimmste passiert, was hätte geschehen können.

Holger wühlte durch die Kisten im Keller. Er spähte in sie, warf Ladungen Kabel nach hinten und suchte weiter. Irgendwo musste er sein. Er hatte ihn doch erst letztens gesehen, als er in der Küche eine Lampe reparieren musste. Das Werkzeug dafür war im Keller gewesen.

Er sprang über zwei Kisten drüber und landete im Schatten einer Raumecke. Sie war staubig. Spinnenweben wucherten an den Wänden.

Holger wischte Fäden beiseite und öffnete die Kiste. Da war er. Er holte ihn heraus. Seinen Teddybären. Energisch presste er ihn sich an die Brust und spürte Tränen in den Augen.

Schnell ging er zurück und setzte sich auf die Stufen. Er schluchzte.

Das war sein Teddy. Über all die Jahre hatte er ihn behalten und mit der Zeit war der Bär gewandert. Von seinem Bett in den Schrank, dann wieder in das Bett und dann die Wohnung hinunter in eine der Kisten. Dort war er geblieben, bis jetzt.

Stephanie hatte ihm geraten, dass er etwas suchen sollte, was ihn mit früher verband. Zeiten, die besser gewesen waren. *»Wenn Sie traurig sind oder sich schlecht fühlen, dann nehmen Sie diesen Gegenstand, der Sie mit der Vergangenheit verbindet, und halten Sie ihn. Spüren Sie seine Wirkung. Denken Sie daran, dass jede*

Furcht ein Moment ist. Gerade halten Sie so einen Moment in Händen.«

Ja, dachte Holger. Er hielt den Teddy umklammert. Damals hatte er ihn von seinem Vater bekommen. Zum zehnten oder elften Geburtstag. Sein Vater war mittlerweile senil und lebte in einem Altersheim, in dem er betreut wurde. Manchmal besuchten sie ihn. Hin und wieder rief er an. Ob er sich noch an dieses Geschenk erinnern würde? Vermutlich nicht.

Holger wischte sich über die Nase. Mit diesem Bären hatte er viel Zeit verbracht. Wenn er traurig war, hatte er ihm von seinem Kummer berichtet, und dennoch hatte der Bär irgendwann an Bedeutung verloren. *Schade eigentlich.*

Er drückte sich den Bären an die Brust und schloss die Augen. Da war er … sitzend in der Fahrerkabine - beinahe einschlafend …

Er schüttelte den Kopf und fuhr sich über die Augen. *Nein*, schrie es in seinem Unterbewusstsein. *Nein, du darfst nicht schlafen, nicht bei voller Fahrt.*

»Nein.« Holger nahm einen Schluck Kaffee. »Ich darf nicht schlafen. Und ich rede mit mir, damit ich wach bleibe.« Wie konnte man nur so müde sein? Der Tag war zwar anstrengend gewesen, aber so sehr auch nicht.

Er drehte das Radio lauter und sang mit. Ein Lied von den Blasters, Dark Night. Die Melodie polterte durch den Wagen. Die Straße verlief in einer Kurve. In der Ferne ragte ein Hügel auf.

Noch war er keine Stunde unterwegs und am liebsten hätte er angehalten.

Er drehte das Radio lauter und öffnete das linke Fenster. Wind strömte herein, blies ihm ins Gesicht. Auf der Armatur stand der wackelnde Dackel. Der Wagen rumpelte, als er über eine Unebenheit fuhr.

»Huch.« Holger sah in den Rückspiegel. Niemand war hinter ihm auszumachen.

Vorne erreichte er den Hügel. Die Straße führte nach links, dann rechts. Eine weitere Erschütterung. Der Rückspiegel wippte.

Holger zischte. Was war das? Der Hund löste sich und fiel zwischen seine Füße.

»Nein!« Holger bückte sich und wühlte zwischen seinen Füßen herum. Dabei drückte er das Gas durch. Der Wagen brummte. Holger fand den Hund. Zufrieden hob er den Kopf.

Was?

Moment.

Sein Mund klappte auf. Er ließ den Hund fallen und riss das Lenkrad herum.

Ein Reh. Mitten auf der Straße.

Der Wagen sauste auf die andere Spur. Holger schrie. Da war ein Rauschen. Licht. Das Klappern von Porzellan im Hintergrund. Ein ohrenbetäubendes Geräusch – Schreie, das Rattern über die Straße. Zerbrechende Teller.

Der Wagen raste nach vorne … BUUUURG! Dann ein Aufprall. Holger presste sich die Hände auf das Gesicht. Er röchelte und fühlte Blut auf der Stirn.

Seine Nase tat weh. Der Wagen rollte jetzt.

Schatten!

Dann ein helles Leuchten in der Ferne. Dann verschwand es.

Ein Donnern. Noch ein Dröhnen …

Clara Sarker

Clara krampfte ihre Finger in den Mantel. Wo war Kai? Konnte er nicht wie gestern einfach auftauchen? Aus einem blauen Loch, umrandet von zündelnden Fasern?

Sie sah ihn auf dem Stein sitzen. Diesmal lächelte er nicht. Er hob die Hände und deutete auf das Meer. Clara sah in die Richtung. Aus der Ferne näherte sich ein Sturm. Dunkle Wolken, brodelnde Schwaden, die sich über den Himmel spannten. Das Wasser aufgewühlt. »Was ist das?«, rief Clara. Plötzlich war es so kalt.

Schrammen zogen sich über ihre Arme. Clara ächzte. Sie hob die Hände. Risse in der Haut. Zack, als würde jemand ein unsichtbares Messer schwingen. Zack, Zack. Sie wich zurück, stolperte und fiel in den Sand.

Kai saß auf dem Stein.

Er hatte keinen Kopf mehr …

Ein donnernder Schlag. »Haaaaaalt!« Sie wurde zurückgeworfen. Ihr Gurt riss aus der Fassung. Clara schrie, als sie nach vorn schlug. Ihre Hände trafen auf die Armatur. Ein Knall. Noch einer. Kai hatte die Arme schützend erhoben. Glas schepperte. Das Auto vollführte eine Drehung. Clara fasste nach der Tür und hielt sich am Griff fest. Ihr Kopf schlug gegen den Sitz. Schmerzen drangen in ihren Nacken und den Rücken. Noch ein Krachen. Ein Teller schlug in die Scheibe, noch einer.

Oh Gott, dachte Clara.

Porzellan. Der andere Wagen schlitterte über den Boden. Seine hintere Tür hatte sich geöffnet. Teller flogen heraus. Geschirr. Gläser. Es krachte, als die Gegenstände gegen ihr Auto trafen. Splitter. Ein schwerer Schlag.

Die Frontscheibe bebte. Ein Teller flog durch die Luft und bohrte sich in die Scheibe.

Kai schrie.

»Warte!«, schrie Clara, dann brach das Glas. Bedeckte sie mit Splittern.

Clara packte Kai am Arm. Er sah sie an. Der Wagen drehte sich. Ein Teller sauste zu ihnen und traf Kai am Hals. Er würgte, dann verdrehten sich seine Augen. Der Teller landete in seinem Schoß. »Neeeein!« Clara fasste nach ihrem Mann, fühlte seinen Anzug. Ihr Wagen rollte zur Seite und krachte gegen eine Erdwand.

Clara fiel nach vorne. Der Wagen verharrte.

Clara sah Sterne. Dann ein durchdringender Schmerz. Sie zog und befreite ihre rechte Hand aus der seitlichen Tür. Er blutete.

Ihre Hand steckte noch in der Tür.

Was zum ...? Das Glas war zerbrochen, die Tür eingedrückt. Weiterhin flog Porzellan durch die Gegend. Zerbrach.

Clara zitterte. Sie berührte Kai am Kopf. Zog ihn zu sich. Entsetzt ließ sie ihn los. Kais Kopf schwankte haltlos herum. Die Knochen waren zermalmt. Er lebte nicht mehr.

»*Neeeeeein!*«

Holger Retzer

Es war ein Unfall gewesen. Kein Anschlag.

Mörder. Mörder.

Holger hielt den Bären fest und weinte.

Das Reh, der Hund … Sie waren schuld. Sie hatten ihn abgelenkt. Aber das hatte er nicht sagen können. Die Beamten hatten natürlich gefragt, aber er hatte nichts von einem Reh gesagt … Warum auch? …

Holger riss die Tür auf und torkelte hinaus. Er verlor das Gleichgewicht und fiel auf die Seite.

Seine Augen tränten.

Krampfhaft richtete er sich wieder hoch. Neben ihm lag die Hundefigur, der Dackel auf der Einfassung. Sie war aus dem Wagen gefallen .

Holger hob ihn hoch und warf ihn ins nahe Gebüsch.

Der Wagen war demoliert. Er lag auf der Seite, ein Rad hing in der Luft. Rauch stieg auf und es roch nach Motor, Bremsen.

Keuchend sank er in die Knie. Das Reh war nicht da. Kein totes Tier auf der Straße. Dafür war ein Auto in der Nähe. Die Frontscheibe dieses Wagens war zerschmettert und eine Person saß auf der Fahrerseite und rührte sich nicht mehr. Holger schlug auf den Boden.

Ein Geräusch. Jemand verließ das Auto.

Holger hob den Kopf.

Eine Frau stieg auf der Beifahrerseite aus und hastete zu der Fahrertür. Ihr rechter Arm blutete stark.

Schreiend riss sie die Tür auf. Ein Mann fiel hinaus.

Sein Hals war bläulich verfärbt.

Er war tot.

Holger schüttelte den Kopf. Seine Sicht verschwamm …

Es klingelte. Vor Schreck ließ er den Teddy fallen.

Es klingelte erneut. Magda? Die Kinder?

»Ich komme!« Dann ein anderes Geräusch … Ein Schlüssel. Magda machte selbst auf. Holger nahm den Teddy und verfrachtete ihn wieder in der Kiste.

Von oben waren Stimmen zu hören. Die Kinder spielten scheinbar und Magda redete mit ihnen.

Langsam schritt Holger die Treppe hinauf, als ihm etwas auffiel. Links, hinter einem Vorhang, der eine Nische in der Wand verdeckte.

Was war da?

Er zog die Brauen zusammen und stieg wieder hinab.

Von oben rief Magda seinen Namen.

»Komme gleich!«

»Was machst du denn im Keller?«, fragte sie. Holger ging zu dem Vorhang und zog ihn zurück. Dahinter standen zwei Koffer.

Das war seltsam.

Holger strich über die graue Hülle und ließ den Verschluss klicken. Der Koffer sprang auf, und Klamotten verteilten sich zu seinen Füßen. Es waren Magdas Kleider und ein paar der Kinder. Kleine Röcke, Hosen.

»Ups.« Holger kniete sich hin.

Von oben rief Magda: »Holger, alles in Ordnung? Was

82

machst du denn da?«

»Ich komme gleich. Ich räume nur etwas auf. Bin sofort oben.«

Magda entfernte sich. Holger kramte die Klamotten zusammen und verschloss den Koffer. Offenbar hatte Magda sie hier unten vergessen.

Dann verließ er den Keller.

Clara Sarker

Clara löschte das Licht und stieg die Stufen hinauf in die Küche. Dort blieb sie stehen. Das Deckenlicht warf Schatten an die Wände. Draußen hatte die Nacht eingesetzt. Regen perlte gegen die Scheiben.

Heute war Kai nur in ihrer Erinnerung erschienen. Er hatte damals keine Fehler gemacht, denn dieser Lieferwagen war ohne Grund in sie gekracht. Holger hatte zwar behauptet, sie wären in ihn gefahren, aber das stimmte nicht!

Aussage gegen Aussage. Mangelnde Beweise. Nichts Haltbares.

»*Tut uns leid, aber Ihr Mann kann das leider nicht bestätigen.*«

»Ich weiß!«, schrie Clara. »Weil er tot ist – weil das Schwein ihn ermordet hat.«

Sie verdeckte ihr Gesicht mit einer Hand. Dieser Schmerz …

Links bemerkte sie die Einkaufstasche auf dem Boden. Sie hatte vergessen, sie auszuräumen. *Verdammt!* Schnell ging sie hin und verstaute die Lebensmittel in den Kühlschrank. Als letztes faltete sie die Tasche zusammen und …

Huch!

Etwas streifte ihr Bein hinab. Sie bückte sich und fand die Karte, die ihr die alte Frau gegeben hatte. Petunia Malter hieß sie.

Clara schritt ins Wohnzimmer und setzte sich auf das Sofa. Sie musterte die Karte … Treffen für Mut, Selbsterkennung und Glück. Nur Frauen … Für den morgigen Abend, in der alten Grundschule ... In einem Raum 0035.

Clara drehte die Karte um. Auf der Rückseite stand nichts. Sie ließ den Arm sinken. Ihr Handy klingelte. Sie legte die Karte hin und fischte es aus der Hosentasche.

Seufzend warf sie den Kopf zurück. Es war ihre Schwester. Sie rief erneut an.

Sollte sie rangehen?

Hm ...

Eher nicht.

Nein! Sie legte das Handy weg.

Jetzt nicht.

Clara nahm die Karte wieder hoch.

Ob sie zu diesem Treffen gehen sollte? Immerhin hatte Petunia das Angebot gemacht.

Es wäre auch keine Therapie, sondern eine Art Unterredung zwischen Frauen, die Schwieriges erlebt hatten.

Sie stand auf und ließ die Karte auf dem Glastisch liegen.

Schnell ging sie nach oben in ihr Arbeitszimmer und schaltete den Computer an. Heute hatte sie noch nichts geschrieben und sie musste weitermachen, wenn sie geschickter werden wollte. Das hatte Heide deutlich gesagt.

Clara biss sich auf die Unterlippe. Bis auf das blaue Licht des Bildschirms war der Raum dunkel. Von draußen waren die Silhouetten der nahen Bäume zu sehen. Der Regen prasselte an die Scheibe.

Sie öffnete das Dokument und holte tief Luft. Dort war ihr Text. Immer noch auf der gleichen Stelle. Clara stöhnte. »Hilf mir, Herr … Damit ich das hinkriege.«

Sie hob die linke Hand und legte sie auf die Tastatur. Ihre Brust bebte. *Bitte*, dachte sie. Dann begann sie zu tippen. Ein Wort nach dem anderen. Es war langsam, aber es gelang ihr, einen Satz zu schreiben. Dann die direkte Rede. Absatz. Wieder einen Satz. Es dauerte. So ewig lange.

Nein … Nein, bitte nicht. Lass mich nicht los.

Die Worte versackten. Ihre Hand zitterte. Sie nahm sie zurück und verdeckte sie unter ihrem Hemd.

Das hast du so gewollt. Du hattest die Wahl, aber du hast deine Familie von dir gewiesen.

»Ja«, antwortete Clara. »Ich habe sie alle von mir gestoßen, wie Vieh. Und jetzt bin ich allein.«

Das Telefon klingelte. Das Festnetztelefon.

Clara erhob sich und prüfte die Nummer. Entweder war es ihr Vater oder ihre Schwester.

Hm … dann eher doch nicht.

Sie ging wieder ins Wohnzimmer hinunter und ließ sich auf das Sofa fallen. Draußen pfiff ein starker Wind durch die Gegend.

Holger Retzer

»Heute ist etwas Seltsames passiert«, begann Holger. Er streifte die Hose ab und warf sie in die Ecke. Die Kinder waren in ihrem Zimmer und schliefen. Magda lag auf ihrer Bettseite und las.

»Was denn?«, fragte sie.

»Ich bin in den Gemeinschaftsraum und habe gesehen, dass jemand meinen Spind beschmiert hat.«

Magda verzog die Stirn. »Wie verschmiert? Was meinst du?«

»Es hat jemand ein Wort drauf geschrieben.«

»Und welches?«

»Mörder.«

Sie ließ das Buch sinken »Mörder?«, fragte sie. »Wirklich?«

Holger nickte. Er zog seine Schlafanzughose an und legte sich neben sie. »I-ich weiß nicht, was ich davon halten soll?«

»Haben die anderen mit dir darüber geredet? Haben sie es gesehen?«

Er schüttelte den Kopf. »Ich weiß nicht. Ich habe niemanden getroffen.«

»Hm.« Magda legte die Stirn in Falten. »Vielleicht ein blöder Scherz?«

»Aber wieso?« Holger hob die Arme. »Wer von den Fahrern würde das machen und überhaupt – ich bin kein Mörder. Ich war es nie.«

»Aber du weißt ja nicht einmal, ob es sich auf den Unfall bezogen hat.«

Holger sah sie an. »Nein, das weiß ich nicht. Aber was

sollte es sonst sein?«

»Ein blöder Jungenstreich? Soweit ich weiß, schließt ihr das Haus über den Tag nicht ab, oder? Da könnte jeder einsteigen und die Spinde beschmieren.«

Holger strich sich über das Kinn. Ob Clara etwas mit dem Zettel zu tun hatte?

Vielleicht hatte Magda aber auch recht und es war jemand anderes.

»Ich weiß nur nicht, was ich jetzt denken soll«, erklärte Holger. »Vielleicht war *sie* es ja auch?«

»Sie?«

»Clara Sarker.«

Magda wischte durch die Luft. »Das glaube ich nicht. Was hätte sie davon? Sie kennt dich doch gar nicht – weiß womöglich nicht mal, wo du arbeitest.«

»Sie hätte es herausfinden können.«

»Um was zu erreichen, Holger? Dich mürbe zu machen? – Ha! Ich glaube sie hat andere Probleme als das.«

Holger wiegte den Kopf. »Ich bin mir nicht sicher.«

»Mach dich nicht fertig damit, Holger. Dafür ist deine Zeit zu kostbar.« Sie berührte ihn am Arm.

»Glaubst du, ich bin ein Mörder?«, fragte Holger.

Sie hörte auf zu lesen und sah ihn an. »Glaubst du denn, du wärst einer?«

»Nein!«, sagte Holger.

»Dann glaube ich es auch nicht.« Sie lächelte.

Holger zog die Decke hoch und drehte sich auf die Seite. »Sag mal, was machen eigentlich unsere Koffer im Keller? Sind die nicht eigentlich auf dem

Dachboden?«

»Äh, welche Koffer?«

»Na unsere. Die, die wir immer mit in den Urlaub nehmen.«

»Ach die, ja ... die müssen dort stehen. Ich habe ein paar alte Klamotten zusammengesucht damit ich sie nächste Woche verkaufen kann.«

»Ach so. Gute Nacht. Ich habe dich lieb.«

»Ich dich auch. Gute Nacht, Schatz.«

Clara Sarker

Clara parkte ihren Wagen am Rand einer Seitenstraße und zog den Schlüssel aus der Zündung.

Puu … Die Fahrt war ohne Probleme verlaufen. Selbst in der Innenstadt. Und sie hatte auch noch einen Parkplatz gefunden.

Clara stieg aus und setzte ihre Sonnenbrille auf. Auf dem Kopf trug sie ein Kopftuch.

Sie sperrte das Auto ab und bemerkte ein Halteverbotsschild in der Nähe.

Hmm … Sie musterte ihren Wagen. Dann taxierte sie das Schild.

Clara zuckte die Achseln und ging weiter. Der Strafzettel würde sie schon nicht umbringen.

Sie ging durch einen kleinen Park, in dem ein altes Ehepaar auf einer Bank saß und eine Frau ihren Hund Gassi führte. Aus einem Brunnen sprudelte Wasser.

Die Sonne ging unter. Es war kühl. Clara vergrub ihre linke Hand in der Jackentasche und passierte den Park. Auf der anderen Seite ragte eine Kreuzung auf.

Als die Ampel umschaltete, ging sie weiter. Mehrere Menschen kamen ihr entgegen.

An einem Hochhaus vorbei führte der Weg geradeaus, eine Gasse entlang und schließlich auf eine freie Fläche, auf der die Grundschule stand. Ein imposantes Gebäude. Alt und hoch. Große Säulen, schöne Statuen. Verzierungen entlang der Steinkonstruktionen.

Clara trat die Stufen hinauf und durch die Eingangstür.

Dahinter war es ruhig.

Der Geruch von Tafel und Kreide lag in der Luft.

Clara zog die Sonnenbrille ab und fischte die Karte aus der Hosentasche. *0035*, dachte sie. Das hörte sich nicht nach dem Erdgeschoss an.

Sie sah sich die nahen Türen an. An ihnen waren Ziffern angebracht. 101, 102 …

Also musste sie runter.

Sie suchte nach einer Treppe und fand sie in der Nähe. Schnell stieg sie hinunter und erreichte das untere Stockwerk. Hier roch es nach Akten und Moder. Der Boden war aus roten Steinkacheln gebaut. Aus einem nahen Raum fiel Licht auf den Gang. Stimmen waren von dahinter zu hören.

Clara ging geradeaus und vor der Tür wurde sie langsamer. Scheinbar waren mehrere Personen da und nur Frauen.

Sie prüfte die Türnummer.

Korrekt.

Clara band das Kopftuch ab und strich sich über die Haare. Dann betrat sie den Raum.

Er war so groß wie ein gewöhnlicher Klassensaal. Rechts stand eine Tafel. Die meisten Stühle waren gestapelt und nur fünfzehn waren in einem Stuhlkreis angeordnet.

Ein paar Frauen standen zusammen. Darunter Petunia Malter. Die zierliche Frau trug ein blaues Halstuch und eine schwarze Weste.

Als sie den Raum betrat, unterbrachen die anderen ihre Unterredung und wandten sich ihr zu. Clara hob die Karte. »Äh, ich habe eine Karte.«

Die Frauen flüsterten. Petunia lachte auf. »Clara.« Sie kam auf sie zu. »Clara S. Stalker – du bist doch gekommen.«

»Ja«, flüsterte Clara.

Petunia schloss sie in eine feste Umarmung. »Mein liebes Kind. ich bin so froh, dass du es geschafft hast, komm, ich stelle dich den anderen vor.«

Petunia zog sie mit sich. Die anderen Frauen betrachteten sie beeindruckt. Die meisten schienen sie zu kennen.

»Das ist Clara S. Stalker«, stellte Petunia vor. »Ihr kennt sie, meine Damen.«

Clara lächelte.

Eine jüngere Frau mit breiten Hüften und einem blauen Pullover strich sich über die Wange. »S-sie sind es wirklich?«

Clara nickte. »Ja, das bin ich wohl.«

Die Frau eilte vor und berührte Clara am linken Arm. »Ich habe alles von Ihnen gelesen – ich liebe Sie. Oh je, das ist so aufregend.« Sie drehte sich im Kreis und fächerte sich Luft zu. Zwei andere kamen zu ihr, um sie zu beruhigen. »Ich bin Ihr größter Fan. Wirklich. Sie sind so gut.«

»Vielen Dank«, sagte Clara bemüht. »Freut mich, wenn Ihnen die Bücher gefallen haben.«

Die Frau nahm einen tiefen Atemzug. »Gefallen? Das ist gar kein Ausdruck. Ich liebe sie. Kann ich ein Autogramm haben?« Sie griff in ihre Hosentasche und holte einen lädierten Notizblock heraus. Schnell blätterte sie zu einer freien Seite und hielt ihr einen Stift hin. Clara nahm ihn mit der linken entgegen.

Die Frau hielt ihr den Block hin. Clara zögerte.

»Oh mein Gott!« Die Frau wurde rot. »Das tut mir so leid, wie taktlos von mir.«

Clara winkte ab. »Schon okay, es muss Ihnen nicht leidtun. Kommen Sie, ich gebe Ihnen das Autogramm, wenn Sie das Papier halten.«

Die Frau hielt es ihr hin. Clara machte ihr Kürzel. Dann reichte sie den Stift zurück.

Das war das erste Autogramm, das sie seit dem Unfall gegeben hatte ... *Wow.*

Petunia drängte sich zwischen sie. »Es reicht. Du vertreibst sie ja noch! ... Das ist Steffi.« Petunia deutete auf die Frau. »Eines unserer aktivsten Mitglieder.«

Steffi reichte Clara die Hand. Clara ergriff sie. »Also ist das eine Art Club?«, fragte sie.

Petunia verzog das Gesicht. »Nicht direkt. Eigentlich eher nicht. Vielmehr eine Gruppe, die sich regelmäßig trifft und manche sind öfter dabei als andere. Komm. Ich stelle dich den anderen vor. Mach dir bitte keinen Kopf, aber wir duzen uns alle. Das soll eine wohlige Gemeinschaft sein.«

Clara folgte ihr zu den anderen Frauen. Sie waren alle unterschiedlichen Alters und schienen verschiedenen Schichten der Gesellschaft anzugehören. Eine hatte kastanienbraune Augen und gekämmte Haare, die spitz neben ihren Schultern landeten. Sie trug edle Ringe an den Fingern.

»Sehr erfreut, dich kennenzulernen«, sagte die scheinbar vermögende Frau.

»Kolina Hoger«, stellte Petunia vor.

Clara kniff die Augen zusammen. »Hoger ... das kenne ich. Die Moderatorin aus den Nachrichten im dritten Programm?«

Kolina lachte. »Genau. Freut mich, dass du es erkannt hast.« Sie hatte einen leicht östlichen Akzent.

Clara lernte auch die anderen Frauen kennen. Freundliche, sesshafte Damen, die eher schweigsam als exzentrisch waren.

Nach einer Weile eröffnete Petunia die Runde, indem sie alle bat, sich hinzusetzen. Clara setzte sich und verschränkte die Beine übereinander.

Solche Konstellationen hatte sie als Autorin schon öfter gehabt, aber seit dem Unfall nicht mehr. Vermutlich war sie deshalb so aufgeregt.

Petunia trat in die Mitte des Stuhlkreises. Dann begann sie zu erzählen.

Sie sprach über das Leben, das Aufziehen ihrer Kinder. Die Tatsache, dass einer ihrer Söhne im Gefängnis saß, da er eine Prostituierte getötet hatte, und wie sie damit zurechtkam ...

Als sie fertig war, setzte sie sich und nahm einen Schluck Wasser. Dann lehnte sie sich ein Stück vor.

»Clara«, sagte sie.

Clara sah auf. »Ja?«

»Hättest du etwas dagegen, ein wenig von dir zu erzählen? Ich weiß, dass du gekommen bist, weil dir vieles auf der Seele brennt. Nun bist du manchen von uns nicht unbekannt – aber ich denke, dass es doch hilfreich sein kann, seinen Mut zu bündeln und hier etwas zu präsentieren. Dieser Kreis ist nicht kritisch. Er wird dich nicht hinterfragen oder dergleichen. Was hier gesagt wird, bleibt auch hier.«

Ein paar Frauen nickten.

Clara überlegte. Sollte sie? »Im Stehen oder Sitzen?«

»Das liegt bei dir. Wie du möchtest.«

Im Sitzen, dachte Clara. Das ist besser. Dann sehen dich nicht alle. Worüber willst du überhaupt reden?

Ja … Worüber? Aber eigentlich gab es nur ein Thema. Der Tod deines Mannes.

Clara räusperte sich.

»Lass dir Zeit, Kind«, mahnte Petunia.

»E-es geht schon«, sagte Clara. Die letzte Lesung war im November letzten Jahres gewesen und sie war gut gelaufen, also …

»Ich leide noch jetzt daran.« Sie erzählte … Als der Lieferwagen in ihr Auto geschlagen war und ihren Mann getötet hatte. Der Augenblick, wie ihre Hand abriss. Was sie gedacht hatte, als sie im Krankenhaus aufgewacht und realisiert hatte, dass ihr Mann tot war.

Dann die Erinnerungen, die zurückgekommen waren. Der Schmerz. Die Trauer. Andauernde Verbitterung. Die Schwierigkeiten beim Schreiben …

Am Ende weinte sie. Andere Frauen weinten ebenfalls.

Petunia bedankte sich bei ihr. Dann war eine andere Frau dran.

Der Abend dauerte zwei Stunden. Nach dem letzten Vortrag beendete Petunia das Treffen und ermahnte die Anwesenden, wiederzukommen. Im Anschluss brachten sie die Stühle zu den Stapeln zurück.

»Ich mache das!«, rief Steffi, als Clara ihren Stuhl musterte.

»Danke«, sagte sie, als Steffi ihren Stuhl packte und zurückbrachte.

Clara band ihren Schal um den Hals. Die Sonne war sicherlich schon untergegangen.

Viele der Frauen verabschiedeten sich von ihr, wünschten ihr Glück für die Zukunft und sprachen ihr Beileid aus. Dann verschwanden sie.

Petunia reichte Clara die Hand. »Auf ein Wort, Clara?«

Clara ließ sich von ihr in eine Ecke des Raumes führen. Dort blieben sie stehen. »Ich habe deine Geschichte gehört«, sagte Petunia. »Es ist schrecklich, was dir passiert ist. Aber noch schlimmer ist, was nicht passiert ist.«

Clara kniff die Augen zusammen. »Was meinst du?«

»Ich spreche von Gerechtigkeit«, erklärte Petunia. »Dieser Kerl ist nicht bestraft worden für das, was er getan hat.«

»Ja, ich weiß.«

Petunia winkte ab. »Nur ein Wort von meiner Seite … Wenn mir so etwas passieren würde, mit den Folgen, die du genannt hast … Ich würde ihn jagen und seiner gerechten Strafe zuführen.« Sie starrte Clara in die Augen. Clara erwiderte den Blick.

»I-ich … äh …«

»Kein Wort mehr!«, befahl Petunia. »Ich wollte dir das nur sagen. Du bist nicht schwach. Keine Frau ist das. Diese Kraft musst du nur finden, das ist alles. Ich wünsche dir dafür nur das Beste.« Sie lächelte, wandte sich ab und ging.

Clara sah ihr nach. Sie wartete, bis Petunia den Raum verlassen hatte und stützte sich dann an die Wand.

Ihre Knie kribbelten.

Holger Retzer

Im Gemeinschaftsraum lief der Fernseher. Zwei Kollegen sahen sich ein Fußballspiel an. In der Küche brutzelte etwas auf dem Herd und es roch nach Hähnchen.

Holger schlenderte am Bildschirm vorbei zur Umkleidekabine. Zögerlich beugte er den Kopf vor und spähte hinein. Sein Blick fiel auf seinen Spind. Er war nicht beschmiert. Kein neuer Spruch. Kein *Mörder* an der Tür. Erleichtert atmete er aus.

Eine Dusche lief. Jemand schien sich zu waschen.

Holger ging weiter, öffnete den Spind und holte seinen Rucksack heraus. In seiner Brotbox fand er eine Banane und ein Stück Brot. Erneut griff er in seinen Rucksack und …

Moment.

Langsam zog er es heraus. Ein Papier, ein …

Er faltete es auseinander, las es durch. Erschrocken setzte er sich. Die Nachricht war in einer ungewöhnlichen Weise geschrieben. Die Sätze kurz und bündig:

Ich weiß, was Du getan hast. Du weißt es auch. Warum stellst Du Dich nicht und sagst die Wahrheit? Hast Du Angst?

Holger ließ das Papier sinken. In seiner Brust wurde es warm.

Eine Hand packte ihn an der Schulter.

Holger fuhr herum und gab einen erstickten Laut von

sich.

Es war Samuel. Er lächelte amüsiert. Seine hängenden Männerbrüste fielen wie Schläuche an ihm herab.

»Nicht so schreckhaft, Holger.« Er ging zu seinem Spind. »Na, alles klar bei dir?«

Holger fasste sich an die Stirn. Dieser Zettel ... War das Clara gewesen? Aber was war, wenn sie es nicht gewesen war? Wenn jemand anders den Brief in seinen Rucksack gelegt hatte? Es musste hier passiert sein, denn zu Hause war der Zettel noch nicht da gewesen.

»Hä?«, fragte er. Samuel zog seine Hose hoch. Die Haare klebten ihm im Gesicht.

»Ich habe gefragt, ob bei dir alles im Reinen ist. Du machst einen mitgenommenen Eindruck.«

»Mir geht es im Moment nicht besonders gut«, sagte Holger. Er steckte den Zettel in seinen Rucksack.

»Schlechte Nachrichten?«, fragte Samuel.

»Äh, nein. Nur eine Einkaufsliste«, sagte Holger. »Nichts Bedeutendes.«

»Ist es wegen des Unfalls?« Samuel setzte sich auf die Bank in der Mitte. »Weißt du, wenn du darüber reden willst, dann können wir mal was vereinbaren?«

»Ich bin bereits in Behandlung deswegen«, sagte Holger.

»Wirklich?« Samuel nickte. »Das ist gut. Ich denke, das brauchst du auch. Mach dir aber klar, dass dich keine Schuld trifft, okay? Wir stehen hinter dir, Mann!«

Holger nickte. »Ich weiß das zu schätzen ... Wir sehen

uns.« Er rauschte aus dem Raum.

Clara Sarker

Es klingelte an der Eingangstür.

Clara legte die Stirn in Falten. Wer konnte das sein?

Sie ging zur Tür und blickte durch den Spion hindurch. Oh je.

Sie öffnete. Demonstrativ trat Betti in den Türrahmen und sah sie an.

Sie war zehn Jahre jünger als Clara und in den frühen Zwanzigern. Die Haare hatte sie sich schwarz und weiß gefärbt. Es passte zu der Lederjacke, die sie trug, und den Stiefeln, die sie bis zu den Knien hochgezogen hatte.

»Passende Kleidung für eine Beerdigung«, meinte Clara.

»Dabei habe ich mich schick gemacht.« Betti trat in die Wohnung.

Clara schloss die Tür hinter ihr.

»Ist das die Begrüßung der eigenen Schwester?«, fragte Betti.

Clara ging in die Küche und holte ein Glas aus dem Schrank. Sie füllte es mit Leitungswasser. »Möchtest du auch was trinken?«

»Nein, danke«, erklärte Betti.

Clara nahm einen Schluck Wasser und stellte das Glas wieder ab. »Tut mir leid, ich bin ein wenig neben der Spur.«

»Ah, ist das alles?« Betti klopfte auf den Tresen.

»Schade, ich dachte, dass da mehr kommt.«

»Als was? Soll ich mich entschuldigen?«

»Das wäre ein Anfang.«

Sie sahen sich an. Dann brummte Clara und ging ins Wohnzimmer Richtung Sofa. Das Wasserglas nahm sie mit.

Betti folgte.

Clara setzte sich. »Ich freue mich, dich zu sehen … Wirklich. Wir haben uns lange nicht mehr gesehen.«

»An mir lag das nicht, Clara«, sagte Betti. »Ich habe dich ein Dutzend Mal angerufen. Warum gehst du nicht dran?«

Clara fasste sich an die Stirn. »I-ich war beschäftigt.«

»Und mit was? So viel kannst du nicht gemacht haben.« Sie setzte sich, die Arme verschränkt.

Clara blickte aus den Fenstern. Es regnete nicht, aber ein Nebel war aufgekommen, und in der Luft hing eine trübe Dämmerung. »Mit mir selbst«, sagte sie.

Betti seufzte. »Das verstehe ich schon. Aber trotzdem kannst du dich melden, Clara. Wir machen uns alle große Sorgen.«

»Hat dir Paul nichts gesagt?« Sie sah zu Betti.

Betti verdrehte die Augen. »Ja, aber ich möchte dich hören, Clara. Nicht ständig von unserem Vater erfahren, dass du noch lebst.«

»Mach dir keine Sorgen«, meinte Clara. »Ich werde schon weiterleben. Darauf kannst du dich verlassen.«

Betti starrte auf den Glastisch.

»Schön, dass du gekommen bist«, sagte Clara. »Ich freue mich wirklich.«

»Es ist ein schwieriger Tag. Für uns alle. Aber wir müssen ihn hinter uns bringen.«

Clara nickte. »Wann geht es los?«

»In zwei Stunden. Paul und Galli kommen auch noch.«

»Hierher?«

Betti nickte. »Paul fährt uns hin.«

Clara nickte. Das war gut.

»Und, kommen viele?«

»Einige.« Betti taxierte sie vorwurfsvoll. »Eine ganze Menge, um ehrlich zu sein. Seine Familie und unsere. Seine hat sich ein wenig gewundert, dass sie von dir nichts hört, sondern nur von Paul.«

Clara seufzte. »Ja, das wundert mich nicht.«

»Sie sagen, sie seien enttäuscht.«

»Das bin ich auch«, sagte Clara.

»Weißt du wenigstens, wo wir hinfahren?«

Clara nickte. »Ja, das weiß ich. Der Maltheimer Friedhof.«

»Gut.« Betti stand auf.

»Wo willst du hin?«

»Ich hole mir etwas zu trinken. Ich habe Durst.« Sie ging in die Küche.

»Ich habe dir vorhin etwas angeboten.«

»Da war ich aber noch sauer«, erwiderte Betti.

Clara lächelte. Sie stellte ihr Glas auf den Tisch. In der Küche holte Betti eines aus dem Schrank.

»Warum hast du eigentlich so oft angerufen?«, fragte Clara. »Nur wegen mir?«

»Nein«, kam es zurück. »Eigentlich ging es um was anderes.«

»Und was?«

»Ich wollte dich einladen, Clara. Ich veranstalte eine

Familienfeier bei Paul und Galli im Haus. Ein paar Dutzend Leute sind eingeladen, und du sollst auch kommen.«

Clara pustete die Luft aus. »Wann ist die denn?«

»Demnächst. Ich sag noch Bescheid.«

Das würde also doch nichts werden, dachte Clara. Betti war nicht besonders gut im Planen.

»Ich muss gucken, ob ich mich dazu bereit fühle«, sagte Clara. Betti kam hinter dem Tresen hervor und eilte Richtung Sofa. »Natürlich kommst du«, erklärte sie. »Das wird dir guttun. Du brauchst auch mal Abwechslung und neue Menschen um dich herum.«

Clara gluckste. »Wie freundlich von dir. Aber ich werde es zum jeweiligen Zeitpunkt selbst entscheiden.«

Holger Retzer

Woher war der Zettel gekommen? Holger lief in seinem Schlafzimmer auf und ab. Er tippte sich an das Kinn, biss die Zähne zusammen.

Dann setzte er sich auf das Bett und legte die Arme auf die Knie.

Nein, nein, das kann nicht sein! Er trat ans Fenster, keuchte. Sein Atem ging schwer.

Der Zettel lag auf dem Bett. Das war eine Warnung. Jemand trieb ein Spiel mit ihm.

Ich weiß, was Du getan hast … Du weißt es auch.

Aber was hatte er getan? Bezog es sich auf den Unfall? Und warum jetzt? Der Vorfall war beinahe zwei Monate her. Sein Arm war fast verheilt. Ihre Leben gingen doch weiter, aber jemand wollte, dass er sich schlecht fühlte. Dass er etwas sagte, von dem er nicht wusste, was es sein sollte.

Oder doch? Holger hielt inne. Ging es um das Reh? Oder den Hund, der ihm von der Armatur gefallen war? Dass er gelogen hatte und sowohl das Reh als auch den Porzellanhund verschwiegen hatte?

Das war es wohl. Holger schluckte. Er setzte sich auf das Bett und faltete die Hände.

Ich habe nichts Böses getan … Ich habe es nicht böse gemeint.

Aber du hast es trotzdem gemacht, erwiderte eine Stimme. *Du hast die Behörden belogen, um dich zu retten.*

Aber was hätte ich machen sollen? Das Reh war geflohen, also hatte er die Schuld nicht auf das Reh schieben können.

Und sie hat ihren Mann verloren, sagte die Stimme. *Und du hast sie auch noch als Schuldige hingestellt.*

Ja, das habe ich. Holger klatschte sich die Hände vor das Gesicht.

War Clara also wirklich zu ihm gekommen? Hatte sie ihm den Zettel in den Rucksack gelegt?

Er schnaufte.

Dann erklang etwas … Von den Schränken. Holger sah auf. Seine Arme zuckten. Langsam näherte er sich dem großen Schrank. »Wer ist da?«

Er öffnete die Schranktür und zog die Luft ein. Anna sah zu ihm auf. »W-was machst du denn hier?«

Und er hatte laut nachgedacht … *Scheiße!* Er hatte laut gesprochen! Jedes Wort.

Anna zitterte.

Holger beugte sich zu ihr. Sie saß zwischen seinen Klamotten und blickte hilflos durch die Gegend. Holger packte sie an den Schultern. »Sag mir, was du hier machst!«

Die Tür ging auf. Magda trat ein.

Clara Sarker

Clara schloss ihren Mantel und stieg in den Wagen. Betti saß neben ihr. Daneben Bernhard, der Sohn von Claras Cousin. Paul saß am Steuer. Galli, Claras Mutter, daneben.

Galli hatte ihre Haare hinter die Ohren gebunden. Ihre Ohrringe glänzten.

Als sie angekommen war, hatte Galli sie gepackt und festgehalten. Irgendwann war Paul dann endlich dazwischengegangen.

Die nächste Stunde hatte Galli dann damit verbracht, zu klagen. Dass Clara sich nicht melden würde. Dass Galli ständig Angst um sie habe. Dass Clara allein in dem großen Haus lebe.

Jetzt war Galli still. Sie waren alle ruhig. Auch Betti.

Bernhard hatte Kopfhörer auf und hörte nichts. Bis auf Betti trugen sie fast alle schwarze Klamotten.

Die Fahrt ging los. Paul steuerte aus der Einfahrt auf die Straße.

Clara stützte ihren Arm an das Fenster und lehnte das Kinn an. An der linken Hand trug sie einen Handschuh. Rechts eine Stoffbinde, die den Stumpf verbarg.

Je weiter sie fuhren, desto stärker wurde der Nebel. Ein paar Autos kamen ihnen entgegen. Viel war nicht los. Erst als sie die Stadt erreichten, klarte es auf. Busse fuhren, Menschen liefen zwischen den Gebäuden herum.

Nach einer Weile erschien der Friedhof. Einige Wagen standen bereits da. Viele waren offenbar gekommen.

Paul parkte und sie stiegen aus. Dann betraten sie gemeinsam den Friedhof.

Er war weitläufig. Ein Hügel stand in der Mitte, der steiler hinauf führte.

Auf der linken Seite war ein Weg angelegt. Er führte an zahlreichen Gräbern vorbei zu einem Gebäude im modernen Baustil. Das Dach war schräg, die Wände uneben. Vor dem Gebäude, auf einem mit Steinkacheln versehenen Areal, warteten zahlreiche Menschen.

Clara schnappte nach Luft. Es waren Dutzende.

Paul hakte sich bei ihr ein. »Bist du nervös?«

»Ich weiß nicht«, sagte sie.

»Hab keine Angst«, meinte Paul. »Ich bin da und habe mich um alles gekümmert. Du wirst sehen, Clara. Es wird alles gut.« Er tätschelte ihren Arm.

Clara nickte. Ihr Vater hatte viel für sie getan und versucht, ihr das Leben leichter zu machen. Manchmal war ihm das gelungen, manchmal nicht. Zumindest hatte er nicht aufgegeben.

Als sie den Steinplatz betraten, lächelte Clara schüchtern. Die ersten Gäste kamen zu ihr, reichten ihr die Hände.

»Es tut mir so leid.«

»Wie können Sie das nur schaffen?«

»Wie kommen Sie mit Ihrer Hand zurecht?«

»Mein tiefstes Beileid. Das haben Sie nicht verdient.«

Clara nickte. Einigen antwortete sie freundlich. Manche erkannte sie wieder, andere waren fremd.

Kais Familie war auch da. Seine Mutter Sofia, eine

ältere Dame mit verweinten Augen und kurzen, gefärbten Haaren, kam auf sie zu und berührte sie an der Schulter. »So viel Leid kann kein normaler Mensch verkraften«, sagte sie. Dann stapfte sie davon. Ihr Mann Richard, Kais Vater, ein gestandener Mann mit hohem Mantelkragen reichte ihr höflich die Hand. »Nimm es ihr nicht übel«, sagte er in ihr Ohr. »Sie ist am Rande ihrer Fassung. Mal sehen, ob es mir gelingen wird, sie zurückzuholen.«

Clara nickte. Langsam arbeitete sie sich durch die Menge ins Innere des Gebäudes. Der Boden war steinig. Die Wände bestanden aus unebenen Klötzen. Kerzen brannten in Kronleuchtern. Auf der rechten Seite befand sich eine breite Glaswand, hinter der sich der größte Raum befand. Mehrere Sitzreihen verliefen von einer Bühne zur Tür. Eine kleine Orgel stand vorne an der Wand. Darüber hing ein Kreuz. Auf der Bühne stand kein Sarg, sondern ein Podest. Darauf eine Urne, in der sich Kais Asche befand. Blumen schmückten den Fuß des Podests. Schleifen und Rosen. Ein Bild war aufgestellt. Es zeigte Kai lächelnd. Clara schnappte nach Luft, als sie die Glastür durchtrat und es ruhiger wurde. Paul war bei ihr. Die Menge hinter ihr. Die Glastür fiel zu und Stille hüllte sie ein.

Der Boden bestand aus grünem Teppich.

Sie schluchzte. Langsam ging sie voran, an den Sitzreihen vorbei.

Lichter brannten. Die Fenster waren bunt. Es roch nach Weihrauch und Myrrhe.

Paul begleitete sie.

»H-hast du das Bild ausgesucht?«, fragte Clara.

»Ja«, antwortete Paul. »Ich hoffe, es ist das richtige?«

Clara nickte. Vor dem Bild blieben sie stehen und Clara sank auf die Knie. Sie schluchzte, und dann brach es aus ihr heraus. Tränen rannen ihr über die Wangen.

»Nein«, sagte Paul. Er berührte sie an der Schulter.

»Nein, Clara. Lass es zu. Lass es raus.«

Kai erschien vor ihrem geistigen Auge. Sie sah, wie das Bild zum Leben erwachte. Kai lächelte ihr zu, bat sie, mit ihm zu kommen. Clara nickte. Sie nahm seine Hand und dann begannen sie zu tanzen. Musik im Hintergrund. Rufe von Menschen, die sie anspornten. Plötzlich wurde das Licht gedimmt. Sie waren allein. Kai beugte sich vor und küsste sie auf den Mund.

Clara öffnete die Augen und sah den grünen Teppich. Sie war nicht bei Kai, denn er lebte nicht mehr.

Menschen strömten in den Raum.

Schnell rappelte sie sich auf.

»Wollen wir?«, fragte Paul. Sie setzten sich in die erste Reihe.

Clara tupfte sich das Gesicht mit einem Taschentuch ab.

Hinter ihr füllten sich die Bänke. Nicht lange, dann war der Raum voll. Die Menschen schwiegen.

Als der Pfarrer kam, um seine Rede zu halten, ging Gemurmel los.

Clara starrte auf Kais Bild. Er sah so glücklich aus, so

…

Der Pfarrer begann zu sprechen.

Holger Retzer

»Was … was tust du hier?« Holger schüttelte den Kopf. Anna sprang aus dem Schrank und eilte aus dem Zimmer. Magda blickte verwirrt drein. Dann machte sie die Tür zu.

»Was hast du mit ihr gemacht?«, fragte Magda.

»Nichts. Ich habe sie nur gefragt, was *sie* hier gemacht hat.«

»Verstecken. Das hat man doch gesehen.«

Holger zischte. »Ist irgendetwas?« Eigentlich hätten sie doch erst in einer Stunde kommen sollen.

Magda seufzte. »Was hast *du* hier gemacht?«

Holger zuckte die Achseln. »Ich habe nachgedacht.« Ob er nochmal mit Anna reden sollte, um zu prüfen, was sie verstanden hatte? Vielleicht war sie ja schon intelligent genug, die Zusammenhänge zu verstehen? Holger legte die Stirn in Falten.

Nein, das war sie nicht. Sie war noch zu jung.

»Über was?«, frage Magda.

»Über alles.« Holger setzte sich auf das Bett. »Warum bist du wieder da?«

Magda ging durch das Zimmer zum Fenster. Sie hielt etwas in der Hand. Es sah aus wie ein Brief. »I-ich habe das Treffen früher beendet. Außerdem musste ich doch nicht einkaufen. Wir haben noch genug.«

Holger nickte. »Verstehe.«

»I-ich muss dir etwas sagen, Holger. Es ist wichtig.«

»Ja?«

»Es geht um dich«, sagte Magda.

Holger zog die Brauen zusammen. »Und?«

»Hier.« Sie reichte ihm einen Brief ohne Absender. »Der lag im Briefkasten. Ich habe ihn geöffnet, da kein Empfänger draufstand.«

»Und was steht drin?«, fragte Holger.

Magda sah auf den Brief.

Holger fingerte den Umschlag auf. Darin befand sich ein gefaltetes Blatt Papier. Seine Finger zitterten, als er es hervorholte. Er schlug es auseinander, las:

Du hast Unrecht getan. Wegen Dir ist jemand tot. Beichte, was Du getan hast. Stell Dich Deiner Schuld oder ich werde es sagen.

Holger fiel das Schreiben aus der Hand.

Clara Sarker

Nach der Rede trafen sie sich draußen zur Bestattung. Mit Abstand sah Clara, wie sich die Menge neben dem Loch versammelte, in dem Kais Urne beigesetzt werden sollte. Paul war darunter. Er winkte sie zu sich, aber Clara schüttelte den Kopf. Sie lehnte sich gegen die Statue eines Engels, die aus weißem Stein geschlagen war. Ihre kindlichen Augen waren kaum zu erkennen. Das Schild auf dem Postament, auf dem der Engel stand, war nicht zu lesen.

Clara beobachtete, wie sich der Pfarrer an die Spitze der Trauergäste stellte. Er öffnete eine handliche Bibel und begann vorzulesen.

Kai hätte das gewollt, dachte sie. Paul hatte gewusst, was zu tun war, und er hatte gute Entscheidungen getroffen. Auch wenn sie selten in die Kirche gegangen waren, war Kai fromm gewesen. Er hatte immer die Ansicht vertreten, dass die Wahrscheinlichkeit eher für Gott sprach als gegen ihn. Mittlerweile würde er diese Ansicht überprüft haben.

Clara sah in die Wolken. Weiße Ballen, die das Blau des Himmels ergänzten. Der Wind fegte über den Platz. Keine Anzeichen für Regen. Zumindest vorerst.

Sie blickte wieder nach vorn. Zwei Ministranten ließen die Urne hinab. Sie hing an zwei Seilen, die jeweils ein Ministrant hielt. Später wäre sie begraben umringt von Schlamm und Dreck. Ein Verlies für die Ewigkeit.

Der Pfarrer breitete die Arme aus.

Clara knirschte mit den Zähnen. Der Wind fuhr ihr

ins Gesicht. Sie blickte über die Menge.

Jemand winkte ihr zu … Es war nicht Paul, sondern eine Frau. Eine ältere Dame mit Stock und einer golden umrahmten Brille.

»Tante Durandi?« Clara legte den Kopf schräg. Tatsächlich. Sie war es.

Sie löste sich von der Statue und lief über den Platz zu ihr. Feuchtes Gras strich ihr über die Schuhe. Niemand schien sie zu beachten.

»Sei gegrüßt, Kind«, sagte Tante Durandi, als sie bei ihr ankam. Sie war älter als Paul und mit der Zeit war sie geschrumpft. Vor etlichen Jahren war ihr Mann gestorben, nachdem er sie missbraucht hatte.

Ein tragischer Vorfall.

»Du wirkst erleichtert«, fügte Durandi an.

Clara lachte. »Erleichtert? Ja, vielleicht, weil das alles bald zu Ende ist.«

»Eine traurige Veranstaltung, oder? So viel Tamtam für einen toten Mann, den nichts mehr zurückholen wird. Man kann beinahe Mitleid mit ihnen haben.«

Tante Durandi starrte auf die Menge.

»Sie scheinen mehr mit der Sache verbunden als ich. Ob das normal ist?«

»Normal, dem Tod auszuweichen? Oder der Trauer? Manchmal kann man sich nicht entscheiden. Denk aber nicht, dass du falsch liegst, nur weil du hier stehst und nicht bei ihnen, Kind. Es scheint wohl einen Grund dafür zu geben, und wie immer der aussieht, Kai würde ihn verstehen.« Sie lächelte. »Komm, lass uns reden. Ich kann mir das nicht länger ansehen.« Sie schritt davon.

Clara folgte.

Sie passierten das Hauptgelände und gingen über den Weg, der an den Gräbern entlangführte. In der Ferne ragte der Hügel auf. Ein paar Bäume wuchsen um ihn herum.

Durandi steuerte auf ihn zu und schließlich begann sie den Aufstieg. Irgendwann schnaufte sie.

Oben blies der Wind stärker.

Clara verschränkte die Arme vor der Brust. Die Aussicht war gut. In der Nähe ragte die hohe Mauer über die Landschaft.

Durandi stützte sich auf ihren Stock. »Wie läuft es mit deinem Buch?«

»Nicht gut«, sagte Clara. »Leider.«

»Liegt es an deiner Hand?«

Clara nickte.

Durandi streckte fordernd eine Hand aus. »Lass ihn mich mal sehen.«

Clara kniff die Augen zusammen. »Äh, ich weiß nicht, lieber nicht.«

»Stell dich nicht so an. Ich habe in meinem Leben Schlimmeres gesehen. Einen Stumpf werde ich da auch noch schaffen.« Sie hielt ihre Hand offen.

Clara verdrehte die Augen. »Nein, daran liegt es nicht.«

»Sondern?«

»Ich schäme mich.«

Durandi sah sie mitfühlend an. »Zeig schon her. Du musst dich nicht schämen, Clara. Er ist ein Teil von dir. Wie kann man sich für etwas schämen, was einen ausmacht. Das macht wenig Sinn.«

Clara seufzte. Sie streckte ihren rechten Arm vor und zog den Mantel zurück. Darunter kam das schwarze Tuch zum Vorschein.

»Zieh sie aus«, sagte Durandi.

Clara schluckte. Sie löste das Tuch und entblößte den Stumpf. Die raue, fleischige Kante, die ihr geblieben war. Sie sah auf die roten Narben, sich windenden Rillen, die einmal eine Hand gewesen waren.

Durandi nahm den Stumpf in ihre Hände. Clara zischte. Durandi drehte ihn, betrachtete ihn von allen Seiten. Dann ließ sie ihn los. Clara zog ihn zurück.

Durandi blickte in die Ferne. »Das tut mir leid mit deinem Arm. Das wird das Schreiben nicht leichter machen.«

»Nein.« Clara brachte das Tuch wieder an. »In der Tat nicht.«

»Habe ich dir jemals erzählt, was damals mit meinem Mann passiert ist?«, fragte Durandi.

Clara legte die Stirn in Falten. »Nein. Nicht dass ich wüsste.«

Darüber hat sie noch nie geredet, dachte sie.

»Ich möchte ungern darüber sprechen, aber es gibt Umstände, die zwingen mich dazu.«

Durandi trat den Hügel ein Stück hinunter. In der Nähe blieb sie stehen und hob eine Hand. Sie hielt sie so, als würde sie sie irgendwo auflegen.

»Nicht alles im Leben lässt sich schnell und einfach lösen. Manchmal bleiben Dinge, die an einem nagen und sich festkrallen. Man ist hilflos, weiß nicht, wie es weitergehen soll. Und jeder Tag, der vergeht, ist wie das Warten auf ein besseres Wetter. Entweder es kommt oder es kommt nicht. Und wenn es nicht kommt, dann wartet man weiter. Und während man das tut, frisst sich das Übel in einen hinein. Ohne Unterlass oder Pause. Ein Wettrennen um die Oberhand. Hier.« Sie tippte sich an die Stirn. »Darum geht es. Kannst du mir folgen?«

»Nicht so richtig.«

»Ich war in einer Situation, Clara. Vor langer, langer Zeit. Und egal wie viele Tage vergangen sind, ich erinnere mich noch so gut an alles, als wäre es erst gestern geschehen. Auch das ist ein Fluch, und er wird bleiben, bis zu meinem Ende.«

»Du redest in Rätseln.«

»Lass mich dir erklären, was passiert ist. Meinen Mann Hugo kennst du. Du hast ihn kennengelernt, als du noch jünger warst. Nach außen hat er sich immer freundlich verhalten. Sehr zutraulich gegenüber der Familie. Nach innen, wenn niemand zugeschaut hat, war er jemand anders.

Oft war ich die einzige Zeugin, die gesehen hat, was er tat … es war kein Alkohol.« Durandi nahm die Hand herunter. »Er hat nie getrunken. Kein einziges Mal. Es war etwas Eigenes. Etwas Böses. Etwas, das ich nicht geahnt hatte, als wir uns in der Kirche versprachen, aufeinander aufzupassen. Ein psychisches Leid. Er wurde jähzornig. Mürrisch. Ständig lief er in der Wohnung herum, schlug sich

118

den Kopf an und meinte, ich hätte ihn geschlagen. Er sah Dinge, die nicht da waren. Zuerst Gegenstände. Stühle hauptsächlich. Ständig rief er mich und fragte, warum ich einen Stuhl in den Keller gebracht hätte, aber da war nie einer. Irgendwann ging ich darauf ein, da ich Angst hatte. Ich sagte ihm, dass ich den Stuhl entfernen würde und ging hinunter in den Keller, um nichts zu tun, außer zu warten, bis Hugo gegangen war, sodass ich wieder hochgehen konnte.

Nachts wachte er auf und schritt durch die Wohnung. Dabei warf er Dinge um und verbrachte die restliche Nacht damit, sie zu reparieren.

An einer Blumenvase saß er fünf Stunden am Stück, und am nächsten Morgen, als die Sonne durch die Fenster schien, stand er auf und ging zur Arbeit. Als wäre nichts gewesen. Ich räumte dann die Scherben weg und tat so, als hätten wir nie eine Vase gehabt. Ließ ich sie liegen, wurde er zornig und fragte mich, warum ich die Vase kaputt gemacht hatte. Einmal versuchte er, schlafwandelnd im Mondschein die Außenwand des Hauses hochzuklettern. Als ich merkte, dass er abzurutschen drohte, rief ich ihn, und er wachte auf. Dann fiel er hin und brach sich den Fuß. Ich wollte den Krankenwagen rufen, aber er riss mir das Telefon aus der Hand und beschuldigte mich, ihn geschlagen zu haben. Daraufhin weinte er und redete drei Tage nicht mehr mit mir. Nicht nur ich begann darunter zu leiden. Auch die anderen Menschen. Seine Arbeitskollegen, Freunde. Unsere Nachbarn. Selbst der Briefträger. Er warf ihnen Dinge vor, die sie gar nicht getan hatten. Eines Morgens, als die Post kam, stürzte er über den Teppich im Eingang und riss sich einen Finger auf. Es blutete, aber statt die Wunde abzubinden, rannte er hinaus und beschuldigte den Briefträger, ihn misshandelt zu haben. Er wollte die Polizei rufen, aber ich konnte ihn davon abbringen. Schließlich ging er gar nicht mehr arbeiten. Das war nicht gut. Denn ich war schwanger und brauchte das Geld. Am Höhepunkt der Krankheit verließ er sein Zimmer nicht mehr. Auch nicht, um zu essen. Er redete mit sich selbst, schrieb Zettel voller Nachrichten und schlug sich. Ich fürchtete mich, wollte ihn aber nicht verlassen, da ich nicht wusste, wohin ich gehen sollte. Also blieb ich, auch wenn ich begann, ihn zu hassen. Ich wusste nicht, was mit ihm passiert war, aber dies war nicht der Mann, den ich geheiratet hatte. Das war mir klar.

Dann setzten die Wehen ein und ich wollte ins Krankenhaus fahren. Ich sagte ihm, dass ich Hilfe brauchte. Er kam heraus und ich erschrak. Seit ein paar Wochen hatte ich ihn kaum mehr gesehen. Ich schätzte, dass er nachts das Zimmer verließ, während ich schlief, um sich zu versorgen. Anders hätte ich mir sein Überleben nicht erklären können. Dennoch sah er fürchterlich aus. Ungepflegt, rau und dieses Flimmern in den Augen, als würde sein Hirn in Flammen stehen und durch seine Pupillen scheinen. Ich wich zurück. Er drohte mir. Er wollte, dass das Kind bei ihm aufwachse. Unter seiner Obhut. Damit ihm niemand etwas tun könne. Dann zeigte er mir seine Arme. Sie waren voller Wunden. Blutig, angeschwollen. Mit Rissen und Schnitten übersät. Die Welt da draußen, sagte er, sei voller böser Menschen, die ihm Leid zufügen wollten.

Ich wollte fliehen, aber er packte mich und hielt mich fest. Ich sage dir nicht, was er getan hat, aber an jenem Abend verlor ich mein Mädchen. Es war eine Totgeburt. Der schlimmste Tag in meinem Leben. Anschließend zog ich mich in mich selbst zurück. Vier Tage lang. Bis mich der Hunger um den Verstand brachte. Ich floh aus der Wohnung und rannte durch die Stadt, um etwas zu essen zu finden. Auf dem Weg fand ich ein Antiquariat. Die Tür war offen und es roch nach Kuchen. Also ging ich hinein. Ich erwartete nichts, jedoch traf ich einen Mann, der sich mir vorstellte und mir etwas zu essen anbot. Er sagte, ich sähe fürchterlich aus und brauche Kraft. Hier und hier, sagte er, und er deutete auf seinen Kopf und das Herz ... Er half mir, Clara. Bei allem. Er arbeitet nicht allein, aber effektiv. Durch ihn konnte ich mich retten, und ich konnte Hugo retten, indem ich ihn von seinem entsetzlichen Schicksal befreite. Und seitdem lebe ich mein Leben und fürchte mich nicht mehr.«

Durandi wandte sich um, lächelte.

Clara musterte sie erschüttert. »D-das ist eine ganz schlimme Geschichte.«

»Ja«, sagte Durandi. »Aber ich habe sie dir nicht aus Freude erzählt, weil wir heute so ein schönes Wetter haben.« Sie verdrehte die Augen. »Nein ... Ich habe großes Mitleid mit dir Clara. Du hast Scheußliches erlebt und noch keine Möglichkeiten bekommen, etwas dagegen zu unternehmen.« Sie deutete auf Clara. »Du wirst deine Hand und deinen liebevollen Ehemann nicht zurückbekommen. Egal, was du tust. Das ist fort, aber du kannst etwas anderes tun, das dich weiterbringt und dein Leben normalisieren kann.«

»Und was?«, fragte Clara.

Durandi kam auf sie zu. »Du kannst dein Leiden beenden. Hier.« Sie zeigte auf ihre Stirn, dann auf ihr Herz. »Es geht, und du kannst es schaffen, mit ein bisschen Hilfe. Wenn du dazu bereit bist.«

»Ich glaube, ich versteh dich nicht.«

Durandi legte den Kopf schräg. »Doch«, begann sie. »Doch, ich glaube, das tust du sehr wohl. Dieser Kerl, der dir das angetan hat … ich denke, dass es ihm gut geht, oder? Ist es nicht so? Hat er nicht *nichts* verloren und sein Leben erhalten können? Sogar die Arbeitsstelle, wenn ich mich recht entsinne.«

Clara holte tief Luft. »Ja, das stimmt.«

»Und ist es nicht auch deine Meinung gewesen, dass das unfair ist, dass das nicht sein sollte?«

»Doch schon. Du hast recht.«

»Und dass er fühlten sollte, was du heute fühlst.«

»Ich weiß nicht genau …«

»Dann solltest du dir helfen lassen, Clara. Geh zu ihm. Bitte ihn um Rat, und ich verspreche dir, er wird dich nicht im Stich lassen.«

»Wer? Von wem sprichst du?«

»Du musst dafür bereit sein, Clara.«

»Für wen denn?«

Durandi lächelte. »Karl Master.«

Holger Retzer

»Stephanie? Stephanie, hallo?« Holger presste sich das Telefon so fest gegen das Ohr, dass es schmerzte. Hektisch blickte er sich um. Er stand in der Gästetoilette, im Erdgeschoss. Magda war in der Küche und die Kinder spielten irgendwo.

»Holger? Bist du es?« Sie klang nicht begeistert. »Was ist denn los?«

Sie hatten abgesprochen, sich zu duzen. Holger sank in die Knie und schüttelte den Kopf. »I-ich brauche dringend Hilfe. Etwas ist passiert und ich bin mir nicht sicher, wie ich damit umgehen soll.«

»Äh – Holger, ich verstehe, aber es ist gerade ganz schlecht. Ich habe einen Patienten bei mir.«

»Es geht ganz schnell. Bitte … ich brauche deine Hilfe. Können wir den Termin nicht nach vorn verschieben? Bitte!«

Stephanie flüsterte. Dann schien sie aufzustehen. »Holger, so funktioniert das eigentlich nicht.« Sie blätterte irgendwo. »Hm, da ist leider nichts frei.«

»Dann morgen!«

»Dann ist Samstag.«

»Ja – und? Ich zahle auch das Doppelte!«

»Holger. So funktioniert das nicht.«

»Aber es ist wichtig – bitte. Stephanie, ich bitte dich.«

Schweigen. Dann ein Rascheln. Stephanie flüsterte. »Warte kurz.« Sie schien das Telefon abzulegen.

Schritte. Jemand näherte sich der Toilettentür.

»Hallo, Holger?«

»Ja – ich bin hier.«

124

»Du hast zehn Minuten. Dann kommt mein nächster Patient. Und damit das klar ist, so etwas machen wir nur das eine Mal. Ich habe gerade die Patientin fünf Minuten früher gehen lassen. Damit bringst du meinen gesamten Plan durcheinander.«

»Danke, Stephanie. Danke.«

»Also, was ist passiert?«, fragte sie.

Holger schloss die Augen. »I-ich bekomme Drohungen.«

»Drohungen?«

»Ja, einen Zettel und einen Brief. Jemand weiß, was während des Unfalls passiert ist und erpresst mich.«

»Aha und … wem hast du alles davon erzählt?«

Holger schluckte. »Außer dir und Magda … niemandem.«

»Ich verstehe. Und da bist du dir ganz sicher?«

»Ja, zu hundert Prozent. Niemand weiß davon.«

Schweigen.

»Hm, also ich habe diese Drohungen nicht geschrieben, Holger. Was für ein Interesse …«

»Ich weiß es, Stephanie. Aber ich bin so hilflos, und diese Angst ...« Er fasste sich an die Brust. »Sie zerreißt mich.«

»Nein, das tut sie nicht. Du musst ruhig bleiben, Holger. Denk daran, was ich dir über Gefühle gesagt habe. Schreibe sie auf, such dir einen Gegenstand, der dir weiterhilft. Verstehe, dass Gefühle kommen und gehen. Nichts hält auf ewig.«

»Ich weiß das. Aber es ist so schwer.«

»Wie wäre es, wenn du es, anstatt nur zu verstehen,

beherzigen würdest?«, sagte Stephanie. »Wende es an
– tue etwas, um deine Angst besser zu begreifen. Nur
damit wird es dir besser gehen.«

»Und die Drohungen? Sie wollen, dass ich mich stelle,
aber das kann ich nicht. Meine Familie.«

»Ich verstehe das, Holger. Wir hatten zwei Sitzungen
darüber, und ich habe dir gesagt, dass ich unter der
Schweigepflicht stehe. Dies ist eine Entscheidung, die
du treffen musst.«

»Soll ich einfach nichts tun?« Jemand trat vor die Tür.
Ein Schatten am unteren Rahmen.

»Papa?«, fragte Anna. »Papa, bist du da drin? Es gibt
Essen.«

»I-ich komme sofort, Liebes«, rief Holger. »Geht schon
mal vor.«

Der Schatten entfernte sich.

»Holger, am besten, du gehst noch mal in dich und
denkst über alles nach.«

»Worüber denn? Das hilft mir nicht!«

Stephanie seufzte. »Also, wenn du mich fragst, käme
doch nur eine Person wirklich infrage, die diese
Drohungen aussprechen könnte, oder?«

Holger stockte. Wen meinte sie?

»Clara?«

Ein zustimmendes Geräusch. »Geh zu ihr. Rede mit
ihr. Finde heraus, was sie möchte. Du musst das
professionell machen. Damit meine ich Folgendes:
Geduld, Aufrichtigkeit, Mut, Mitgefühl und Anstand.
GAMMA. Denk daran.«

»I-ich verstehe.«

»Und für alles Weitere sehen wir uns nächste Woche, okay? Ich würde gerne weitersprechen, aber wir müssen das hier beenden. Mein nächster Patient ist da.«

»Danke noch mal.« Holger drückte Stephanie weg. Durch das kleine, opake Fenster strahlten Lichtfetzen herein.

Magda rief nach ihm. Holger erhob sich und schüttelte die Schultern aus. Dann öffnete er die Tür und trat hinaus.

Clara Sarker

»Karl Master? Was ist das denn für ein Name?«

»Achte nicht auf den Namen«, riet Durandi. »Achte auf den Mann dahinter. Er ist ein guter Kerl. Fähig. Er verfügt über Mittel, dir zu helfen.«

Clara wich einen Schritt zurück. »Was genau meinst du mit *Hilfe*, Tante? Wozu Hilfe? Was soll er denn machen?«

Durandi kramte in ihrer Hosentasche und holte eine Visitenkarte heraus. Clara nahm sie entgegen. Darauf stand ein Name und eine Adresse. »Geh zu ihm. Er wird dir alles Weitere sagen. Vertrau mir, Clara. Der beste Weg, sich von der Dunkelheit zu befreien, ist, dass man sich von ihr befreit. So war es immer schon. So wird es immer sein.« Sie lächelte, wandte sich um und ging den Hügel hinunter. Ihr Stock drückte in die Erde.

Clara sah ihr nach. Durandi winkte ihr zu. »Worauf wartest du denn? Es wird gleich regnen. Komm. Sonst wirst du nass.«

Clara lief ihr hinterher.

Auf der Rückfahrt fuhr Paul wieder das Auto. Galli saß daneben, den Kopf zur Seite gelehnt, und schlief. Betti saß hinten und blickte hinaus.

Clara dachte an ihre Tante. Sie hatte sie nicht oft gesehen in der letzten Zeit. Und wenn doch hatte sie freudig gewirkt, ungezwungen, aber etwas schien passiert zu sein, denn dieses Mal hatte sie ja von ihrem Mann erzählt, was sie noch nie getan hatte.

Und dann die Sache mit Karl Master und der Karte ...

Hilfe, Dunkelheit befreien – das waren Ausdrücke, die keinen schönen Unterton besaßen. Sie glichen dem, was Petunia Malter gesagt hatte.

Hatte sie etwa das Gleiche gemeint wie Durandi?

»Hey!«

Clara knüllte die Visitenkarte zusammen. Sie blickte nach links. Betti saß da, starrte sie an. »Du scheinst nachzudenken«, erklärte sie. Paul blickte in den Rückspiegel.

»Ja, das alles hat mich mitgenommen«, sagte Clara.

»Was ist das?«, fragte Betti.

»Ach nichts.« Clara bewegte die Finger. »Tante Durandi hat sie mir gegeben. Eine persönliche Botschaft.«

»Ich hoffe, sie hat dir keinen Unsinn erzählt«, sagte Paul. »Ich habe das Gefühl, dass sie in letzter Zeit etwas wirr im Kopf ist.«

Clara legte die Stirn in Falten. »Was meinst du damit?«

»Na ja, sie isst nicht mehr regelmäßig und ist ständig unterwegs. Zudem redet sie oft mit sich selbst.«

»Woher weißt du das?«

»Ich kenne eure Tante. Ich weiß, wie es ihr geht. Dafür waren wir zu lange beieinander. Irgendwas sagt mir, dass sie leicht zerstreut ist.«

Hm ... Auf dem Hügel hatte Durandi klarer gewirkt als viele der Gäste, die Kais Bestattung beigewohnt hatten, dachte Clara. Sie war eine zähe Frau, und sie hatte ein verlockendes Angebot gemacht.

Mal sehen, was sich daraus ergab …

Nach einer Weile bog Paul in die Einfahrt und weckte Galli aus ihrem Schlaf.

»Ich finde es immer noch so schön hier«, sagte Betti versonnen. »Was für ein traumhafter Ort.«

Als Paul parkte, stieg Clara aus.

Hatte er jetzt noch etwas geplant?

Sie drehte sich um, aber Paul schüttelte den Kopf. »Nichts Großes, Clara. Ich dachte, dass wir noch etwas zusammensitzen und uns unterhalten. Das tut uns allen gut.« Er ging an ihr vorbei. »Kommst du? Damit du aufmachen kannst.«

Drinnen verteilten sie sich auf das Wohnzimmer, und Clara steckte die Visitenkarte in ihre Hosentasche.

Sie saßen beisammen, redeten. Galli hatte einen Kuchen gebacken und Clara aß zwei Stücke.

Betti berichtete von ihrem anstehenden Urlaub mit ihrem Freund. Wie glücklich sie war und was sie alles tun wollten. Paul erzählte von seinen geplanten Umbauarbeiten an seinem Haus. Er wollte den Garten erweitern und eine Hütte für die Mülleimer bauen und einen Komposthaufen anlegen.

Galli sprach von ihren Strickarbeiten, die sie leidenschaftlich erstellte.

Als Paul mit Betti und Galli aufbrach, war es dunkel. Clara sah auf die Uhr. Es war spät. Keine Zeit mehr, um etwas zu arbeiten.

Vor der Eingangstür schloss sie Betti nochmal in die Arme. »Melde dich öfter«, sagte sie. »Und komm zu der Feier. Ich würde mich freuen.«

Die Feier, dachte Clara. »Wir werden sehen.«

Sie winkte ihnen nach, als Paul losfuhr und die Einfahrt passierte. Erst als sie auf der Straße verschwunden waren, schloss sie die Tür und ging ins Wohnzimmer. Zum ersten Mal seit Langem goss sie sich ein Glas mit Whiskey ein. Der Alkohol brannte und erfrischte.

Clara zog die Visitenkarte hervor und legte sie auf den Küchentresen. Sie war zerknittert, aber der Name war gut zu erkennen, genau wie die Adresse.

Hm … sollte sie sich also wirklich an Holger rächen? Petunia und Tante Durandi schienen das zu wollen. Aber …

Clara wandte sich ab und ließ die Karte liegen. Sie stieg die Stufen hinauf ins Schlafzimmer und legte sich ins Bett. Auf der großen Fensterscheibe rechts lagen neue Tropfen. Es regnete wieder.

Holger Retzer

Holger saß auf der letzten Kellerstufe. Vor ihm reihten sich die Kartons. Er hielt den Teddybären in den Händen und wiegte ihn hin und her. Es war kalt und er dachte an Clara. *Mörder, Mörder,* hatte sie gerufen. *Mörder* hatte auch auf dem Spind gestanden. Stephanie hatte recht, wenn sie meinte, dass er mehr nachdenken solle. Und jetzt gab es auch eine Erkenntnis ...

Clara erpresste ihn. Es konnte nicht anders sein. Zwar hatte sie einen berechtigten Grund, aber dennoch tat sie ihm damit weh, und es musste aufhören.

Ob er es Magda sagen sollte? Eher nicht. Sie hatte sich ihre Meinung gebildet. Außerdem brachte es ihn nicht weiter.

Seine Finger verkrallten sich im weichen Stoff des Bären. Holger senkte den Kopf.

Clara wollte ihn herauslocken, aber das würde ihr nicht gelingen. Er musste mit ihr sprechen. Anders ging es nicht.

Entschlossen stand er auf und legte den Teddybären neben die Treppe.

Anschließend ging er die Stufen hinauf und löschte das Licht.

Morgen würde er sich mit Clara auseinandersetzen und es würde zu einer Lösung kommen.

Definitiv ...

Clara Sarker

Am Morgen erwachte Clara durch das Klingeln des Weckers. Sie stand auf, duschte, machte sich frisch und ging hinaus ins Freie. Der morgendliche Nebel hüllte die Landschaft ein. Von den Wänden und Grashalmen tropfte Tau.

Sie ging in die Garage, startete den Wagen und fuhr in die Innenstadt. Dort musste sie im Halteverbot parken, denn bereits um acht morgens waren die Parkplätze besetzt.

Schließlich stieg sie aus und holte ihr Handy hervor. Mit zittrigen Fingern tippte sie die Adresse ein, die sie von Durandi erhalten hatte. Dann lief sie durch die Straßen und Gassen voran.

Die Geschäfte öffneten. Vor einem Blumenladen schob eine ältere Frau mit Wollmütze zwei Blumenvasen auf die Straße.

Eine Bäckerei öffnete. Die Tür ging auf und der Geruch von frischen Backwaren quoll hinaus.

Clara folgte den Weisungen ihres Handys. Es dauerte nicht lange und nach ein paar Minuten stand sie vor dem Geschäft. Eine kleine Tür, innerhalb einer Seitengasse. Ein paar Meter entfernt begann eine Fußgängerzone … Der Gallusplatz.

Clara steckte ihr Handy weg und trat vor die Tür. Der Rahmen war weiß. Sie bestand weitgehend aus Glas. Dennoch konnte man nicht hineinsehen. Ein Schild war von außen angebracht. Darauf stand: *Antiquariat – Karl Master. Geöffnet von morgens bis abends.*

Sie klopfte. Wartete.

Nichts. Kein Laut.

Nervös sah sie sich um. Kein Mensch war in der Nähe. Schatten zogen über die Dächer der umliegenden Häuser. Der Nebel war beinahe verschwunden.

Sie betätigte die Klinke. *Wie bei einem normalen Geschäft*, dachte sie und ging hinein. Drinnen roch es nach Weihrauch und zermahlenen Pflanzen. Der Raum war groß und mit Dutzenden Regalen versehen, die gut gefüllt waren. Gegenstände aus alter Vorzeit, moderne Sachen, Möbel, Statuen. Glasvitrinen, die mit Schmuck und Uhren gefüllt waren. Im Hintergrund tickte eine altmodische Kuckucksuhr.

Eine Miniatureisenbahn glitt über ein dazugehöriges Feld. Sie tutete leise.

Beeindruckt schritt Clara durch den Raum. Vor einem Holzregal blieb sie stehen und betrachtete die kleinen Figuren. Das waren Kobolde. Es schien Handarbeit zu sein. Schöne Formen. Auch die Preise schienen angemessen.

Das Schallen einer Klingel ließ Clara herumfahren. Sie sah einen Vorhang, der sich rührte, als hätte ihn der Wind bewegt. Aber hier war kein Wind.

»Hallo?«, fragte sie. »Ist jemand da?«

Zögerlich trat sie an den Tresen. Eine Klingel stand dort. Der Knopf vibrierte, als hätte ihn jemand betätigt. *Seltsam.* Sie beugte sich vor und versuchte, zwischen die Spalten des Vorhangs zu lugen. Ein Schatten rührte sich dort. Dann berührte sie etwas an der Schulter.

Clara fuhr herum. Ein Fremder stand hinter ihr. Ein Mann mit Anzug und Krawatte. Ein zutrauliches Gesicht. Rundlich, spitzes Kinn, lange Nase und flache Stirn. Augen funkelnd, abschätzend. Kurze schwarze Haare.

Er reichte ihr die linke Hand. Clara musterte die Hand.

»Oh je«, meinte der Mann. »Habe ich Sie erschreckt? Das wollte ich nicht.«

Clara deutete auf die Klingel, dann den Vorhang. »Sie ... Sie waren doch gerade noch hier ... und jetzt?«

Der Mann schlenderte hinter den Tresen. »Hm, ich war die ganze Zeit da hinten.« Er zeigte in die entgegengesetzte Richtung. »Vielleicht haben Sie mich nicht gesehen?«

Die Sache war eigenartig.

»Was kann ich Ihnen Gutes tun?«, fragte der Mann.

Clara strich sich eine Haarsträhne von der Stirn. »I-ich ... Sie sind mir empfohlen worden.«

Der Mann machte große Augen. »Oh, das ist immer schön zu hören. Darf ich fragen von wem?«

»Meiner Tante Durandi.«

Der Mann tippte sich an das Kinn. »Ja, da klingelt etwas im Hinterkopf. Eine kleinere Dame, nicht wahr? Sehr redselig, wenn es darauf ankommt.«

Clara nickte. Genau das war Durandi.

»Sie ... sie war sehr angetan von einem Schemel, den ich ihr verkauft habe. Zum halben Preis.« Seine Augen strahlten. »Und noch ein paar andere Dinge

...« Er grinste.

Clara legte die Stirn in Falten. »Ich denke, deswegen bin ich hier.«

»Wegen eines Schemels? Ich habe noch ein paar im Lager.« Er machte Anstalten, zu gehen.

»Nein!«, rief Clara schnell. »Nicht wegen des Schemels. Sondern wegen der anderen Dinge.«

Der Mann hob die Brauen. »Aaaaah, ich verstehe. Sehr sogar. Verraten Sie mir doch Ihren Namen?«

»Mein Name ist Clara Sarker.« Clara reichte ihm die zerknitterte Visitenkarte. Der Mann nahm die Karte und steckte sie in seine Sakkotasche. »Die nehme ich an mich«, sagte er. »Sie brauchen sie jetzt nicht mehr.« Er gab ihr ein Handzeichen.

Sie folgte ihm durch die Vorhänge in einen zweiten Raum. Er war kleiner und unordentlich. Überall lagen Gegenstände herum. Zwischen den Haufen befanden sich eine Kaffeemaschine, ein Wasserkocher und eine unbenutzte Herdplatte. Ein paar Teller lagen in der Nähe verteilt. Manche sauber, andere verschmiert.

»Bitte, setzen Sie sich«, sagte der Mann. Er deutete auf zwei Sessel, die sich gegenüberstanden. Sie waren rot und wirkten wie Zwillinge. Am Boden lag ein kleiner Teppich in derselben Farbe mit gelben Mustern. Über den Sesseln brannte eine Leuchte.

Der Mann holte zwei Tassen und füllte sie mit einer grünen Flüssigkeit von der Anrichte. »Tee?« Er reichte Clara die Tasse. Sie war warm und der Geruch von Pfefferminz stieg ihr in die Nase.

Clara setzte sich. Der Mann setzte sich in den anderen

Sessel und verschränkte die Beine.

»Hm«, begann er. »Clara Sarker, die Autorin, nicht wahr? Ich habe natürlich jedes Ihrer Bücher gelesen.«

»Natürlich.«

»Sie sind sehr talentiert. Was Ihnen passiert ist, tut mir leid. Das muss sehr schlimm gewesen sein.«

Er deutete auf den Stumpf unter Claras Jacke.

Sie nickte. »Sehr schlimm.«

Der Mann musterte sie. »Mein Name ist Karl Master. Aber das wussten Sie bereits, nicht wahr?«

»Ich hatte eine Ahnung.«

»Sie scheinen grundsätzlich viel zu wissen, Frau Sarker. Wussten Sie denn auch, dass ich Ihrer Tante geholfen habe, sich ihres elendigen Schufts von Ehemann zu entledigen?«

Clara schluckte. »I-äh … ich finde es immer noch nicht leicht, diese Aussage zu verstehen.«

»Warum diese hohen Töne? Sie wissen es doch schon«, sagte Karl. »Soll ich die Aussage umformulieren, damit Sie sie besser verstehen?«

»Äh.«

»Gerne. Ich habe Ihrer Tante dabei geholfen, den Mann zu töten, der ihre Tochter ermordet hat und ihr das Leben zur Hölle machte. War das besser?«

Clara starrte ihn an. Schnell stellte sie die Tasse auf den Boden. »D-das gefällt mir nicht …«

»Wem auch?«, fragte Karl. Er nippte von seinem Tee. »Aber es musste getan werden, Frau Sarker. Es ging nicht anders. Dieser Kerl hat Ihrer Tante großes Leid angetan. Es musste etwas geben, um ihn zu bestrafen.

Wissen Sie, die Welt klammert sich an Rechte und Verordnungen, aber was ist, wenn diese nichts mehr taugen? Was passiert dann mit der Gerechtigkeit?«

Clara schüttelte den Kopf.

»Dann muss man ihr selbst zum Glück verhelfen!«, sagte Karl.

Clara erhob sich. »D-das ist fürchterlich, was Sie sagen.« Sie fuhr sich über die Stirn. In diesem Zimmer war es ungewöhnlich warm. »Ich werde jetzt gehen!«

»Jetzt schon? Dabei haben wir noch gar nicht über Sie gesprochen.« Karl stand auf.

»Was Sie sagen ist unmoralisch und verwerflich. Sie sind ein Verbrecher und Sie haben gegen das Gesetz verstoßen!« Mit der Linken bildete sie eine Faust. »Seien Sie froh, dass ich nicht zur Polizei gehe.«

Karl musterte sie. »Ich wollte nur helfen.«

»Indem Sie jemanden umbringen?«

»Ihrer Tante hat es sehr gutgetan«, bemerkte er. »Schauen Sie, wie sie aufgeblüht ist.«

Clara deutete in Karls Gesicht. »Ich weiß nicht, was Sie mit ihr gemacht haben oder was Sie damit zu tun haben – aber lassen Sie ihre Finger von mir und meiner Familie.«

»Sie sind zu mir gekommen«, stellte Karl. Er vergrub die Hände in den Sakkotaschen.

Clara stockte. »Das war dann offenbar ein Fehler.« Sie ging hinaus.

Schnell.

Als sie draußen war, atmete sie die frische Luft ein. Hastig passierte sie die Gasse und lief zu ihrem Auto zurück.

Holger Retzer

Holger stand vor Claras Einfahrt und starrte auf das verschlossene Gittertor. Dahinter lag ein breites Areal. Ein kurzer Hang führte hinauf zu einem Vorplatz. Dort war die Garage und das Haus.

Eine schöne Gegend, dachte Holger. Dieser Ort musste Millionen gekostet haben. Dazu die Nähe zur Stadt …

Er stemmte die Fäuste in die Taille und blickte das Gitter hinauf. Oben endeten die Stangen in Spitzen. Nicht gefährlich, aber unangenehm. Das Haus war nicht schwer zu finden gewesen. Clara war bekannt. Die Adresse stand im Internet.

Ob sie Kameras aufgestellt hatte?

Bestimmt, dachte Holger. Warum auch nicht?

Er trat zurück und sah zu dem Areal dahinter. Clara schien nicht da zu sein. Er hatte geklingelt und sie hatte sich nicht gemeldet. Ob sie ihn erkannt hatte und deshalb nicht einließ?

Er schnalzte mit der Zunge. Irgendwie musste er da rein und sie abfangen. Es war wichtig. Sie erpresste ihn mit dem Unfall und sie schien etwas zu wollen. Geld war es nicht, aber was wollte sie dann?

Holger stieg auf sein Fahrrad und fuhr los.

Er fuhr die Straße entlang zu den ersten Bäumen und bog in eine Schneise. Dort ließ er das Rad stehen und lief zurück.

Vor dem Gittertor verharrte er wieder. Es wäre möglich, wenn er sich anstrengte.

Holger hob den rechten Fuß und hakte ihn durch das

untere Gitter ein. Da es voller gewundener Bögen war, konnte er sich halten. Langsam kletterte er hinauf. Je höher er kam, desto mehr wackelte das Gestell. Er keuchte. Sein Puls ging schnell.

Als er die Spitzen erreichte, wagte er einen Blick zurück. Der Boden war mehrere Meter entfernt. Wenn er jetzt fiel, könnte er sich etwas brechen. Wenn er falsch fiel, könnte er sterben.

Er schluckte, packte eine der Spitzen und zog sich hoch, und dann auf die andere Seite. Die Spitzen bohrten sich in seinen Bauch und die Beine. Er schrie.

Schnell bewegte er den rechten Fuß und rutschte ab. Er fiel zur Seite und öffnete die Finger … *Neeeeein!*

Er stürzte …

Clara Sarker

Sie war keine Mörderin. Unmöglich. Sie war ihre Tante.

Clara biss sich auf die Unterlippe. Schnell fuhr sie über die Straße nach Hause. Der Nebel hatte sich verzogen. Hin und wieder kamen ein paar Autos entgegen. Im Hintergrund summte eine Radiomelodie.

Nein, sie konnte es nicht getan haben. Das war nicht möglich.

Aber du hast es gewusst, als sie es gesagt hat, hörte sie in ihrem Kopf. *Sie hat es dir doch gebeichtet.*

Ja, das hatte sie. Clara legte ihren Stumpf auf das Lenkrad und wischte sich mit der linken Hand über die Augen. Durandi hatte zum Ausdruck gebracht, dass sie ihren Mann beseitigt hatte. Karl hatte das bestätigt.

Und was sollte sie jetzt machen?

Zur Polizei gehen? Ihre Tante anzeigen?

Unsinn!

Sie konnte gar nichts tun. Es war vor Jahren passiert und daran würde man nichts ändern können. Außerdem war aus der Sache mit Karl jetzt sowieso nichts mehr geworden.

Holger Retzer

Holger schrie und spürte ein Knacken im Rücken. Ein Schmerz zog sich bis zu den Knien. Stöhnend blickte er zu dem Gitter.

Er hing in der Luft, die Beine in den Sprossen verhakt.

»Oh nein!« Er versuchte, sich aufzurichten. Sein Nacken tat weh. Er holte tief Luft, presste die Lider zusammen und zog sich etwas hoch. Langsam schälte er die Beine aus den Sprossen und schüttelte sie aus.

Aus der Ferne näherte sich ein Auto.

Er musste sich beeilen, vielleicht war das Clara.

Rasch kletterte er hinunter.

Als er unten ankam, war das Rattern des Autos so nahe, dass er herumfuhr.

Das Auto fuhr vorbei. Holger atmete erleichtert auf.

Dann humpelte er zum Haus hoch. Dort würde er ausharren, bis Clara kam.

Clara Sarker

Sie blinkte und drückte den Knopf der Fernbedienung. Das Gitter fuhr zurück und ermöglichte die Fahrt auf das Gelände.

Langsam fuhr sie die Einfahrt hinauf und stellte den Wagen in die Garage. Was für ein Morgen, dachte sie. Eigentlich verschwendet.

Ob sie es Durandi sagen würde? Im Zweifel behielt sie es lieber für sich.

Sie schloss die Garage und schritt zur Haustür. Mit ihrem Schlüssel machte sie auf.

Im Haus war es warm. Ein neuer Tag, dachte sie. Was würde er noch so alles bringen?

Auf jeden Fall sollte sie heute wieder Schreiben! Das wäre wichtig.

Sie ließ die Tür zufallen. Dann zog sie ihre Jacke aus und hängte sie über einen Kleiderhaken.

Plötzlich schlug die Tür auf und eine fremde Person trat herein.

Clara fuhr herum und riss die Augen auf.

Neeeein! Holger Retzer.

Was tat der denn hier?

Holger Retzer

Holger knurrte. Er griff in seine Hosentasche und holte den Brief hervor, den Magda im Postkasten gefunden hatte.

GAMMA, dachte er, *GAMMA – ach scheiß drauf.*

Er trat auf Clara zu. Sie war paralysiert, konnte nicht glauben, was passierte.

»Sag es mir!«, rief er. Wind folgte ihm in die Wohnung.

»Sag mir, was das soll!« Er hob den Brief. Clara wich zurück. Ihre Blicke waren überall, nur nicht auf dem Brief. Holger hielt ihn ihr vor das Gesicht. »Sieh!«

Clara starrte auf den Brief.

»Und?«, fragte Holger. »Was hast du dazu zu sagen? Findest du das lustig? I …«

Holger hustete und landete auf den Knien. Die Brille flog ihm von der Nase. Ein entsetzlicher Druck schoss seinen Magen hinauf in den Kopf.

Clara zog ihre Faust zurück.

Clara Sarker

Clara schrie, rannte in die Küche.

Holger kam ihr hinterher.

Wie hatte er sie überhaupt gefunden? Dieser Mistkerl.

Clara riss eine Schublade auf. Dort lagen Messer. Sie packte eines und hielt es ihm entgegen. »Verschwinde hier!« Hitze pulsierte in ihren Adern. Und niemand war da, um zu helfen. »Geh!«

Holger kam zu ihr und blieb stehen. Er ächzte. Sein Atem ging schnell. Den Brief hielt er in der Hand. Darin hatten Wörter gestanden. Eine Drohung. Von ihr war sie nicht gekommen.

»Warum tust du das?«, fragte Holger und hielt sich die Seite. Er hielt ihr den Brief hin.

»Ich habe damit nichts zu tun!«, klagte Clara. Sie wedelte mit dem Messer herum. »Ich war das nicht!«

»Lügnerin! Wer sollte es sonst gewesen sein?! Was willst du von mir?« Clara riss die Augen auf. Holger rannte auf sie zu.

Stechen, dachte sie. *Stechen! Stechen!* Sie reckte das Messer in seine Richtung. Er packte sie am Handgelenk und drückte die Klinge hinab. Sein Griff war fest. Clara verzog das Gesicht.

Mit dem Stumpf holte sie aus und traf ihn an der rechten Wange.

Aaaa! Diese Schmerzen!

Sie versuchte, sich loszureißen.

»Sag mir, was du von mir willst?«, sagte er. Hatte er getrunken?

Clara sah ihm in die Augen.

Dieser Mistkerl! Sie schlug ihm ins Gesicht, einmal …
gegen die Augen, die Nase! Der Griff um ihre Hand
lockerte sich.

Clara zog sie zurück. Das Messer fiel auf den Boden.

Schnell stürmte sie davon. Holger rannte hinterher
»Bleib stehen!«

Clara hechtete die Stufen hinauf in den ersten Stock.
Oben starrte sie nach links, dann rechts. In ihr
Schlafzimmer?

Nein!

Holger rannte die Stufen hoch.

Clara hechtete in das Badezimmer und knallte die Tür
zu.

Kraftlos ließ sie sich gegen die Wanne sinken. Dann
zückte sie ihr Handy und wählte die Nummer der
Polizei.

Holger Retzer

Holger sah sie hinter einer Tür verschwinden. »Neeein!« Er beschleunigte, aber Clara war schneller. Sie knallte die Tür zu und verschwand. Seine Fäuste trafen auf solides Holz.

»Mach auf, Clara!« Er schlug gegen die Tür.

»*GAMMA, Holger. GAMMA. Du musst das professionell machen!*«

»Tue ich doch gerade!«, schrie er. Ein Klicken. Da war etwas. Holger legte das Ohr an.

Claras Stimme hinter der Tür. Dumpf, aber verständlich. Sie redete mit jemandem. Die Polizei!

Holger knurrte. Sie hatte ihr Handy mitgenommen. Diese Fotze.

Er holte aus, knallte gegen die Tür. Dann nahm er Anlauf und donnerte die Schulter gegen das Holz. Die Tür machte ein knirschendes Geräusch, hielt aber.

»Was soll das?«, brüllte Clara hinter der Tür. Sie klopfte dagegen. »Lass mich in Ruhe. Lass mich in Ruhe! LASS … MICH … IN … RUUUHE!«

»Erst wenn du mir sagst, was du mit diesen Drohungen bezweckst!«, brüllte Holger. Er holte den Brief und klatschte ihn gegen die Tür. »Sag es mir.«

»Ich habe deinen verfickten Brief nicht geschrieben! Ich habe nichts damit zu tun!«

»Lüg mich nicht an!«, brüllte Holger. »Wer sollte ihn sonst geschrieben haben? Wer sonst?«

»ICH … WEIß … ES … NICHT!«

Holger hielt sich die Ohren zu. Ein Schlag, dann Ruhe. Holger zitterte. Wenn sie die Polizei gerufen hatte, dann hatte er nicht viel Zeit.

»Du machst mein Leben kaputt!«

»VERSCHWINDE!«, kam es von der anderen Seite.

»Hör mit den Drohungen auf. Hör auf damit oder es wird dir leidtun.«

Geräusch von Gegenständen, die durch die Luft geschleudert wurden. Ein Rascheln und Brechen. Glas, das zersplitterte. »Verschwinde sofort! Ich will, dass du das Haus verlässt! HIIIIILLFFEEE!«

»Halts Maul, du Schlampe!« Holger verpasste der Tür einen Tritt. Er steckte den Brief ein und ging zur Treppe.

Unten verließ er das Haus und stieg wieder über das Gitter drüber.

Zwischen den Bäumen fand er sein Rad und radelte nach Hause.

Clara Sarker

Mit den Sirenen der Polizei in ihrer Einfahrt öffnete Clara die Tür. Sie lugte nach rechts, dann links ... Holger war nicht da. Er wäre auch blöd gewesen, wenn er geblieben wäre.

Erleichtert kam sie aus dem Badezimmer und ging zur Treppe. Von unten waren Stimmen zu hören. Holger hatte die Tür offengelassen. Ein Mann und eine Frau riefen nach ihr. Es waren Beamte. Clara griff in ihre Hosentasche, um ein Taschentuch zu holen. Ihr Puls schlug schnell.

Als ihre Hand in der Hosentasche verschwand, hielt sie inne.

Was war das?

Sie zog es heraus.

Es war eine weiße Karte. Sauber, ohne Falten.

Sie drehte die Karte um. Mein Gott! Es war Karl Masters Visitenkarte. Sein Name. Die Adresse. Diesmal auch mit Telefonnummer. Er hatte sie mit Kugelschreiber notiert. Davor drei Wörter: *Ruf mich an!*

Clara senkte die Karte.

Jemand an den Stufen. Stimmen. Sie hob den Kopf und sah einem Mann ins Gesicht. Er musterte sie besorgt. Eine Frau folgte ihm, kleiner, rundlich, mit roten Haaren und faserigen Lippen.

Beide trugen Polizeimützen und steckten in Uniformen.

Die Frau berührte sie am Arm. »Ist alles in Ordnung bei Ihnen?«

Der Mann zog seine Waffe und sah sich um. Weitere Stimmen im Eingangsbereich. Offenbar war eine Kohorte gekommen. Clara faltete die Karte zwischen den Fingern.

»Wer war das?«, fragte die Frau.

Clara lächelte. »Wer?«, fragte sie. »Wen meinen Sie?«

»Sie haben einen Einbruch gemeldet. Und dass Sie bedroht werden. Wer war das?«

Clara legt den Kopf schräg. »I-ich kann mich nicht wirklich erinnern.«

Die Polizistin zog die Stirn kraus. Sie berührte Clara an der Schulter und schob sie die Treppe hinunter. »Kommen Sie. Wir gehen runter und dann reden wir darüber.«

»E-es gab einen Einbruch«, sagte Clara. »Ja, so viel weiß ich. Aber er ist weg.«

»Wer ist weg?«

»Der Einbrecher ist geflohen. Ich weiß nicht, ob er etwas mitgenommen hat.«

»Ich verstehe. Max!«, brüllte sie. Der Mann, der mit ihr hochgekommen war, erschien am oberen Ende der Treppe. »Komm, der Typ ist weg.«

»Weg? Hat er etwas mitgehen lassen?« Max lief die Stufen hinab.

»Mal sehen«, sagte die Frau. Sie führte Clara in die Küche. »Wollen Sie was trinken?«

Clara schüttelte den Kopf. Sie starrte aus den Fenstern auf die Einfahrt. Vier Autos standen dort und zwei Beamte redeten in ihre Handys.

»Haben Sie ihn erkannt?«, fragte die Frau. »Wissen

Sie, wer das war?«

Clara drehte sich um. Ihre Blicke trafen sich. »Nein …
I-ich habe keine Ahnung, wer das war. Ich bin nach
Hause gekommen und dann war er da. Ich habe sein
Gesicht nicht erkannt.«

»Leonie.« Max kam herein. Er hielt eine Sonnenbrille.
Sie war an der Seite gerissen. Das eine Glas mit Rissen
durchsetzt. »Die hier lag draußen.«

Leonie nahm die Brille entgegen. »Haben Sie den
Angreifer ohne Brille gesehen? Könnten Sie ihn
beschreiben?«

Clara atmete ein. »I-ich weiß nicht.« Eine Träne lief ihr
über die Wange. »Es ist noch alles so durcheinander.«
Sie fuhr sich mit der Rückseite der linken Hand über
das Gesicht.

Leonie reichte Max die Brille. »Wenn Sie nichts zu
seinem Äußeren sagen können, wird das eine Anzeige
gegen Unbekannt. Ich will Sie nicht schockieren, aber
dann sind uns die Hände gebunden. Wir können die
Augen offenhalten, aber im Zweifel versinkt die Sache
in den Akten.«

Clara nickte.

»Sind Sie sich sicher, dass Ihnen nichts einfällt?«

Clara nickte. Sie wandte den Blick ab.

Leonie seufzte. »Okay, Max. Ruf die Jungs zurück.
Das wird eine Aktennummer.«

Max lief aus dem Raum. Leonie legte ihr eine Hand
auf die Schulter. »Vielleicht sollten Sie Ihre
Sicherheitsanlagen überprüfen lassen. Kameras haben
Sie keine. Das ist mir gleich aufgefallen.«

Clara ergriff ihre Hand und drückte sie. »Sie haben recht. Tut mir leid, dass ich Ihnen keine Hilfe bin.«

Leonie nickte. »Haben Sie jemanden, den wir holen sollen? Familie? Freunde?«

Clara schüttelte den Kopf. »Nein, ich denke, ich möchte erst mal allein sein.«

»Okay. Wenn noch mal was sein sollte, dann melden Sie sich bitte.«

»Ich danke Ihnen.«

Clara ließ Leonies Hand los und sie schritt davon. Clara erhob sich und trat vor die nahen Fenster.

Sie sah, wie Leonie das Haus verließ und die Eingangstür hinter sich zumachte. Dann stieg sie in ein Auto und die Wagen fuhren davon.

Clara legte sich das Handy auf den rechten Oberschenkel und wählte die Nummer auf der Karte.

Als es piepte, drückte sie sich das Handy ans Ohr.

Pieeeep … Pieeeep …

Holger Retzer

Holger lief in seinem Keller herum. Den Teddy hielt er in der rechten Hand.

Was hatte er getan? Er hatte Clara Sarker in ihrem Haus angegriffen und bedroht. Sie hatte ein Messer in der Hand gehabt. Das war ... es ...

Er setzte sich hin. Wenn er den Teddy weiter so knetete, würde er noch kaputtgehen.

Er seufzte.

Warum hatte er sie angegriffen? Und wofür? Hatte er damit etwas herausgefunden?

Clara hatte gesagt, dass sie den Brief nicht geschrieben habe. Das könnte eine Lüge gewesen sein oder auch nicht. Was also sollte er glauben?

Er wippte mit den Fersen auf und ab.

Du musst das professionell machen, hörte er in seinen Gedanken. *GAMMA.*

»GAMMA«, sagte Holger leise. Clara hatte gesagt, dass sie es nicht war. Vielleicht hatte sie recht? Er musste es herausfinden. Am besten, wenn er mit seinen Leuten von der Arbeit sprach. Vielleicht war ihnen etwas aufgefallen.

Er stand auf. Es war Samstag, und Sonntag war alles zu. Zudem sollte er seine Kollegen am Wochenende nicht mit solchen Dingen behelligen.

Verdammt!

Dann Montag, dachte er ... Montag.

Clara Sarker

»Frau Sarker, was für eine Freude, von Ihnen zu hören. Ich habe ja nicht mehr mit Ihnen gerechnet.« Karl lachte kurz auf.

»Sie haben doch gesagt, dass Sie Durandi bei Ihrem Mann geholfen haben.«

»Ja. Das habe ich.«

»I-ich denke, ich würde es versuchen wollen.«

Schweigen. Ein Rauschen in der Leitung.

»Kommen Sie zu mir, Frau Sarker. Sofort. Lassen Sie uns persönlich über alles reden.«

Clara nickte. »In Ordnung. Ich komme.«

Zwanzig Minuten später klopfte sie bei Karl an die Tür. Die anderen Läden hatten bereits zu. Es war Samstag und die Geschäfte schlossen früher.

Karl öffnete und reichte ihr die linke Hand. *Er weiß, dass meine rechte Hand fehlt.* Clara erwiderte den Händedruck.

Jetzt war sie also doch nochmal gekommen.

»Sie scheinen zerstreut«, meinte Karl. Er sah aus wie das letzte Mal. »Sagen Sie mir, was passiert ist.« Er führte Clara in den Raum mit den Sesseln. Auf dem Weg schilderte Clara den Vorfall im Haus, dass sie die Polizei gerufen hatte und wie sie die Visitenkarte in ihrer Tasche gefunden hatte. Als sie sie Karl hinhielt, nahm er sie entgegen und steckte sie in sein Sakko. »Die brauchen Sie jetzt nicht mehr.«

Sie setzten sich.

»Also, Frau Sarker. Als hätten wir lediglich eine

Pause-Taste gedrückt.« Er kicherte. »Ich freue mich, dass Sie wieder da sind. Sie treffen die richtige Entscheidung.«

Clara nickte. *Sicher?*

»Ich mache es kurz: Sie scheinen ein Problem mit jemandem zu haben, und ich schätze mal, dass es derjenige ist, der diesen furchtbaren Unfall verursacht hat, richtig?«

Clara nickte.

»Er kam ungestraft davon, nicht wahr? Und dann ist er noch zu Ihnen nach Hause gekommen und hat Ihnen aufgelauert. Sie fragen sich jetzt, was Sie tun können, um ihn zu bestrafen, richtig? Was das beste Mittel ist, um Ihre elendigen Gefühle zu bereinigen?«

Claras nickte. »Ja, genau das frage ich mich.«

»Nun.« Er klatschte in die Hände. »Es war richtig, zu mir zu kommen. Ich biete Ihnen etwas an, was Ihnen niemand anbieten kann: Rache. Gute Rache und es muss keiner zu Tode kommen.«

Clara hustete. »Nicht sterben?«, fragte sie. »Niemand muss sterben?«

»Nein«, sagte Karl. »Es sei denn, Sie wollen es so?«

Clara schüttelte den Kopf. »Nein, nein, schon gut. Wenn keiner zu Tode kommt, ist mir das lieber.«

Karl grinste. »Sehr schön. Glauben Sie mir, Sie werden Ihre Rache haben, aber Sie müssen mir vertrauen, und Sie müssen sich gänzlich hinter diese Aktion stellen. Keine Ausflüchte mehr, kein Zurückrudern. Sitzen Sie einmal im Sattel, gibt es kein Zurück mehr.«

»Ich verstehe.«

»Gut.« Er griff hinter sich und holte ein Schreibbrett hervor. Darauf lag ein Blatt Papier. Er las es durch. »Wie ist sein Name?«

»Äh – Holger Retzer«, antwortete Clara.

Karl machte sich Notizen. »Und er wohnt in Leipzig?«

»Ja. Tut er.«

»Wissen Sie sonst noch was von ihm? Etwas Besonderes?«

»Er … er ist Fahrer für eine Firma. Eine Art Spediteur.«

»Eine Art Spediteur.« Karl schrieb das auf. Dann legte er das Brett beiseite und lächelte. »Wunderbar. Also, es wird folgendermaßen ablaufen. Ich werde Sie morgen oder übermorgen anrufen, damit wir uns treffen. Sobald ich anrufe und Ihnen sage, wohin Sie gehen müssen und wann, müssen Sie das tun, verstanden? Keine anderen Termine. Keine Verzögerungen. Selbst wenn Sie sich ein Steak auf dem Herd braten. Lassen Sie es stehen und kommen Sie zum vereinbarten Treffpunkt, einverstanden?«

Clara sah in seine Augen. Sie lagen tief in den Höhlen wie bei einem alten Tier.

»Ja.«

»Sehr gut. Ich möchte es Ihnen nicht verschweigen, aber wir werden Holger betäuben müssen. Das richtige Werkzeug dafür habe ich. Es wird eine Teamarbeit sein. Sie und ich, Frau Sarker. Ich erzähle Ihnen alles Weitere vor Ort.«

»W-wo treffen wir uns denn?«

»Das muss ich noch entscheiden. Dafür muss ich mir

Holger ansehen. Lange brauch ich nicht dafür.«

»Und wenn etwas schiefgeht?«

Karl lachte auf. »Es wird nichts schiefgehen, Frau Sarker. Glauben Sie mir. Ich arbeite nicht allein. Sicher hat Ihnen Durandi das gesagt.«

Clara presste die Lippen zusammen. Durandi hatte etwas erwähnt.

»Haben Sie Vertrauen, und genießen Sie, was kommen wird. Sie haben ja keine Ahnung, wie gut Genugtuung sein kann.« Er stand auf. »Ich denke, wir wären dann soweit fertig.« Er reichte ihr die Hand. Clara ergriff sie und erhob sich.

»Äh, wie viel wollen Sie dafür?«

Karl machte ein fragendes Gesicht.

»Geld?«, konkretisierte Clara. »Was schulde ich Ihnen?«

»Ah.« Karl winkte ab. »Ich nehme kein Geld, Frau Sarker. Ich habe Prinzipien. Und sobald ich einer gepeinigten Seele helfen kann, ist das für mich Belohnung genug. Glauben Sie mir, es ist alles gut zwischen uns.« Clara nickte. Dann verließ sie das Geschäft und ging zurück zum Auto.

Holger Retzer

Holger klopfte an der Zimmertür der Kinder. Als nichts zu hören war, machte er auf. Anna saß allein auf dem Boden. Den Rücken an das Bett gelehnt. Herta war nicht da, Magda auch nicht. Offenbar waren sie zusammen losgefahren.

Holger musterte seine Tochter. Sie schien traurig zu sein. Zwischen den kleinen Fingern hielt sie ihr Lieblingskuscheltier: eine kleine Stoffspinne.

Er setzte sich neben sie.

»Warum bist du allein?«, fragte Holger. »Wo ist Herta?«

»Sie ist einkaufen. Mit Mama«, antwortete Anna.

»Und du wolltest nicht mit?«

Sie schüttelte den Kopf.

Holger nickte. Er blies langsam die Luft aus. Wie sollte er anfangen?

»Anna, ich muss mit dir über etwas Wichtiges sprechen«, begann er.

Sie starrte auf die Stoffspinne.

»Gestern, als du dich in dem Schrank versteckt hast. Was hast du da gehört?«

»Nichts«, sagte Anna. »Du hast geredet.«

»Ja, das stimmt, aber hast du verstanden, was ich gesagt habe?«

»I-ich weiß es nicht mehr. Du hast viel gesagt.«

»Bist du dir sicher? Ich möchte, dass du verstehst, worum es ging.«

»Über den Unfall«, sagte Anna schnell.

Holger machte große Augen. »Ja, du erinnerst dich.«

»Ein wenig.« Sie faltete die Spinne und zog an einem der acht Beine. »Bist du böse?«

»Nein, bin ich nicht. Ich möchte nur sicherstellen, dass du nichts falsch verstanden hast.«

»Was war denn mit dem Tier?«

Holger schluckte. Sie erinnerte sich doch. »Mit dem Tier war nicht viel. Es kam und es ging wieder. Ein Tier ist nicht verletzt worden.«

»Aber du kamst zu Schaden«, sagte Anna.

»Ja, das stimmt. Aber wie du siehst, geht es mir wieder besser.« Der Moment, als er Anna geschlagen hatte, kam ihm in den Sinn. Damals waren die Erinnerungen an den Unfall zu schnell gekommen … zu heftig.

»Das freut mich«, sagte Anna.

»Äh, Anna. Was auch immer du gehört hast, das bleibt unter uns.«

Anna musterte ihn mit großen Augen.

»Habe ich da dein Wort? Das ist eine Sache zwischen dir und mir.«

»Aber Mama hat gesagt …«

Holger starrte sie an. »Was hat sie gesagt?« Er berührte sie an der Schulter. »Sag ruhig, was meinte sie?«

Anna presste sich die Spinne an die Brust. »Sie … sie will mich nicht mit zum Einkaufen nehmen, hat sie gesagt. Sie ist böse auf mich.«

»Warum?«, fragte Holger.

»Weil sie glaubt, ich rede zu viel.«

Holger lächelte. »Was? Sie glaubt, du redest zu viel?

Komm her.« Er nahm sie in den Arm. »Das ist okay. Du kannst so viel reden, wie du willst.«

Anna schluchzte.

»Du weißt, dass ich dich lieb habe, oder?«, fragte Holger.

Anna nickte. »Ich dich auch.«

Clara Sarker

Am Abend regnete es heftig. Sie saß vor dem Fenster im Arbeitszimmer. Der PC lief. Der blaue Bildschirm strahlte. Clara hielt eine Tasse Tee.

Draußen bildeten die Bäume Schattenmuster, die ineinandergriffen. Clara nahm einen tiefen Atemzug und legte ihren Stumpf auf das kühle Fensterglas. Sie fühlte den Regen aufschlagen. Im Laufe des Abends würde es bestimmt Unfälle geben, dachte sie.

Sie musste an Karl denken. Er hatte überzeugend gewirkt. Anders als bei ihrer ersten Begegnung und diesmal hatte sie sich auf ihn eingelassen. Zweifel waren natürlich vorhanden, aber der Mut war stärker. Zudem würde sie die Sicherheitsvorkehrungen des Hauses auf den neusten Stand bringen lassen. Niemals wieder würde Holger hier eindringen. Erstens, weil sie Vorkehrungen traf, und zweitens, weil Karl handelte. Und egal, was er tun würde, sie würde dabei sein …

Mit seinem Einbruch hatte Holger endgültig eine Grenze überschritten. Er würde nicht sterben, aber etwas würde passieren …

Clara nahm einen Schluck Tee. Draußen blitzte es.

Die hintere Tür knarrte.

Clara drehte sich um, sah Kai in der Tür. Nur sein Kopf war zu sehen. Er lächelte und präsentierte eine lückenhafte Zahnreihe.

»Hast du gewartet?«, fragte Clara.

»Ich habe immer gewartet«, sagte Kai.

»Was denkst du?«, fragte Clara und blickte hinaus.

»Ist es das Richtige?«

»Was wäre die Alternative?«

»Nichts zu tun«, antwortete Clara.

»Hm, ich sehe, du hast Zweifel.«

»Bin ich denn richtig?«, fragte Clara.

»Das wirst du wissen, sobald die Tat begangen ist.« Kai lächelte.

Der Unfall, dachte Clara. Sie fasste sich an die Brust. Ihr Stumpf zitterte.

»Ich vermisse dich so.«

»Auf immer«, sagte das Gesicht. Dann zog es sich zurück und die Tür ging zu.

Clara öffnete die Augen. Sie war am Fenster eingeschlafen. Der Tee war auf den Boden geschüttet.

»Oh.« Clara hob die Tasse auf und wischte die Flüssigkeit mit einem Handtuch weg. Dann setzte sie sich vor den PC und öffnete ihr Manuskript. Mit der linken Hand begann sie zu schreiben. Einen Satz, noch einen.

Eine Seite. Nur eine Seite …

Sie schaffte eine halbe. Dann hörte sie auf.

Es war ein guter Text.

Clara speicherte das Dokument und schaltete den Bildschirm ab. Das Telefon läutete.

Oh je! Wer konnte das sein?

Langsam hob sie es aus der Vorrichtung und hielt es sich ans Ohr.

»Clara«, rief eine laute Stimme, »wie geht es dir?« Es war ihr Verleger. Justus.

Clara sackte in ihrem Stuhl zusammen. »I-ich kam

noch nicht weit.«

Justus räusperte sich. »Aber Clara, deswegen rufe ich doch nicht an. Ich wollte wissen, wie es meiner Lieblingsautorin geht.«

»Etwas besser als gestern«, sagte Clara.

»Das ist gut zu hören. Ist es vielleicht gerade ein falscher Zeitpunkt?«

Sie seufzte. »Ja … nein, Justus, gerade ist es schwer, da ich versuche, mit mir zurechtzukommen. Es hat nichts mit dir zu tun. Ich weiß, warum du anrufst, aber ich kann dir nichts Besseres sagen, als dass ich weiter daran arbeite und hoffe, dass es irgendwann fertig wird.«

»Du weißt, dass du immer mit mir reden kannst, oder? Das weißt du?«

»Ich weiß, Justus. Grüße deine Frau von mir, und entschuldige meine Laune.«

»Mach ich. Wir sprechen uns noch mal. Gute Nacht.«
»Nacht.«

Sie stellte das Telefon zurück. Dann ging sie ins Wohnzimmer und schaute Fernsehen. Irgendwann schlief sie auf dem Sofa ein.

Karl Master

Karl stellte sich vor das Fenster in seinem Wohnzimmer und ging in die Knie. Kurz darauf knallte es im Hintergrund. Ein dröhnendes Geräusch. Zwei Hände legten sich auf seine Schultern. Die Finger lang und kalt.

»Was hast du anzubieten?«, fragte der Meister.

»Vielversprechendes. Wenn alles gut geht, werden wir drei haben.«

»Drei?« Die Hände begannen sich zu bewegen. »Das ist gut. Das ist sehr gut. Ich sehne mich danach. Ich brauche es. Du musst es mir beschaffen.«

»Ich fange an. So schnell wie möglich. Morgen ist es soweit.«

»Gut. Gut. Du bist ein guter Mann, Karl. Das weißt du, nicht wahr?«

»Jawohl, Meister.«

»Und dein Lohn wird reichlich sein.«

»Wie Ihr sagt, Meister.«

Die Hände lösten sich von seinen Schultern. Karl öffnete die Augen.

Seufzend richtete er sich auf und ließ sich in seinen Stuhl fallen. Er griff nach dem Weinglas, das auf dem Tisch stand und genehmigte sich einen Schluck. Das Feuer im Kamin knisterte.

Morgen, dachte er. Morgen würde es beginnen.

Clara Sarker

Nachmittags klingelte das Handy. Clara ging sofort ran. »Ja?«

»Frau Sarker, es ist soweit. Ich brauche Sie«, sagte Karl.

»Okay. Was soll ich tun, wo soll ich hin?«

»In fünfzehn Minuten. Am Auwald. Südlicher Zugang. Und bringen Sie Joggingsachen mit und eine tiefe Mütze.«

Clara legte die Stirn in Falten. »Wofür denn das?«

»Keine Fragen. Tun Sie es einfach. Kommen Sie angezogen zum Treffpunkt. Ich werde dort auf Sie warten.«

Ein Piepen, dann war das Gespräch beendet. Clara ließ das Handy sinken.

Aha … Eilig rannte sie in ihr Schlafzimmer und fischte ihre Sportklamotten heraus. Sie zog sich um und hechtete dann in die Garage. Der Boden war im Verlauf des Tages getrocknet und die Pfützen verschwunden. Wenn sie Glück hatten, würde es im Wald auch so aussehen.

Clara startete den Wagen und fuhr über die Einfahrt auf die Straße. Es war nicht weit. Nach fünf Minuten war sie da. Am südlichen Zugang.

Sie stellte den Wagen ab und stieg aus.

Bäume umgaben sie. Der Boden war mit Laub, Moos und Blättern überdeckt. Es roch nach Holz und Tannenzapfen. Außer ihr schien niemand hier zu sein. Eine zerfurchte Bank stand in der Nähe. Clara ging hin und wollte sich setzen, aber die Bank war nass. Sie wischte die Tropfen weg und setzte sich.

Ein Rascheln in der Nähe. Jemand tippte ihr auf die Schulter. Sie schrie auf, drehte sich um.

Karl kam zum Vorschein. Er machte joggende Bewegungen. »Seien Sie gegrüßt, Frau Sarker. Wie fühlen Sie sich heute?«

Clara sah ihn fassungslos an. Er war in Joggingsachen gehüllt. Dazu trug er ein Stirnband und einen kleinen Rucksack auf dem Rücken. Die Finger steckten in grünen Handschuhen.

»Soweit ganz gut«, antwortete Clara. »Ich bin nur verwirrt.«

»Das brauchen Sie nicht zu sein. Sie liegen hervorragend in der Zeit.«

»Wofür?«, fragte Clara.

»Für unseren Überfall«, sagte Karl. »Kommen Sie, ich erkläre es Ihnen auf dem Weg.« Er joggte im langsamen Trab davon. Clara sah ihm nach.

»Kommen Sie schon. Keine Angst.«

Clara rannte los, holte ihn ein. Gemeinsam liefen sie durch den Wald.

»Ist es nicht schön?«, fragte Karl. »Diese Natur. So friedlich.«

»Herr Master, ich würde Sie bitten, mir das zu erklären.«, begann Clara. »Falls das ein Scherz sein soll, dann ist er nicht gut.«

»Es ist kein Scherz, Frau Sarker, sondern der Weg zum Erfolg. In nicht weniger als zehn Minuten wird Holger Retzer hier entlangkommen. Er wird uns einholen und dann …« Er machte eine Geste mit der

Hand. »Werden wir ihn fassen.«

»Und wie?«

Er deutete auf seinen Rucksack. »Ich habe es dabei. Bedenken Sie aber, dass Sie einen gehörigen Anteil leisten müssen. Ich werde nicht alles allein machen.«

»Und was erwarten Sie von mir?«

»Kraft und Ausdauer, Frau Sarker. Nicht viel, aber etwas. Sie werden Holger angreifen und ihn überwältigen müssen.«

Clara schluckte. »Überwältigen? Ich? Ich bin eine Frau und außerdem behindert.« Sie liefen voran.

»Ich habe da etwas für Sie.« Karl löste seinen Rucksack und griff hinein. »Hier.« Er reichte es Clara. Clara nahm es entgegen. »Ein Taser?«

»Genau. Den werden Sie brauchen.«

»Und für was?«

»Das werden Sie sehen. Ich werde ihn betäuben, wenn es soweit ist.«

»Aha.«

»Wir kriegen das hin. Machen Sie sich keine Sorgen.«

Holger Retzer

Holger parkte sein Rad am Rand des südlichen Eingangs im Auwald. Ein Auto stand dort. Offenbar war bereits jemand zum Joggen gekommen.

Holger begann, sich zu dehnen. Es war eine Weile her, seit er gejoggt war. Vor dem Unfall war das letzte Mal gewesen.

Er streckte einen Fuß vor und versuchte, mit der Hand die Zehen zu berühren. Es ging, wenn auch schwierig. Dann wechselte er das Bein.

Aaa … das tat gut.

Der Vorfall mit Clara ging ihm durch den Kopf. Ob die Polizei ihn deswegen schon suchte? Bisher war zumindest noch nichts passiert.

Er spuckte auf den Boden. Dann eilte er los. Schnell.

Wer den Zettel und den Brief geschrieben hatte, war noch nicht klar. Vielleicht war es Clara gewesen, aber … es war nicht klar.

Er hechtete an den Bäumen vorbei. Der Weg führte hier geradeaus. In der Ferne ragten die Silhouetten von zwei anderen Joggern auf.

Clara Sarker

»Er ist nahe«, sagte Karl. »Nicht umdrehen! Es ist besser, wenn er Sie nicht erkennt.«

Clara lief weiter. Sie bewegten sich im Laufschritt. Als sie schluckte, merkte sie, dass ihre Kehle trocken war. Den Taser hielt sie in der linken Hand.

Clara konzentrierte sich auf den Weg. Der Taser hatte einen Knopf und eine Metallspule an der Spitze. Die Polizei besaß solche Dinger, und sie hatte in einem ihrer Bücher einmal darüber geschrieben.

Karl schien die Situation im Blick zu haben.

»Wie weit noch?«, flüsterte sie. Holger würde bald schreien … gut so!

Karl lächelte. »Nicht mehr lange. Lassen Sie ihn vorausgehen. Dann schlagen Sie zu.«

Holger Retzer

Holger beschleunigte. Er keuchte und sein Herz hämmerte in der Brust. Das war gut. Er fühlte das Strömen in den Adern, das Rauschen des Pulses in den Ohren.

Er rannte weiter. Fünf Schritte, zehn. Der Schweiß tropfte ihm von der Stirn. Dort vorne liefen zwei Personen voran. Ein Mann und eine Frau. Sie waren langsam unterwegs. Offenbar ein Ehepaar. Die Frau trug eine Mütze. Dabei war es gar nicht so kalt.

Clara Sarker

»Ich habe Angst«, sagte Clara. Jetzt doch. Was würde denn passieren, wenn sie versagte? Wenn Holger ihr ins Gesicht schlug und ihre Zähne demolierte? Wenn er die Polizei rief und die sie festnahm? *Was hast du dir nur dabei gedacht?*

»Wovor haben Sie Angst?«, fragte Karl. »Davor, bestraft zu werden oder davor, zu versagen? Das eine ist nicht das andere.«

Clara dachte nach. Hinter sich konnte sie Schritten hören. Eine Person näherte sich. Ihre Knie begannen zu zittern. Sie drückte sich den Stumpf an die Brust. Der Taser war bereit. Sie musste nur zudrücken.

»I-ich weiß nicht genau.«

»Der Mann, der Ihnen den Mann gestohlen hat, ist nahe, Frau Sarker. Nur noch ein paar Schritte. Sie haben die Wahl, ihn ziehen zu lassen oder zu handeln. Der Moment, auf den Sie gewartet haben. Das Gericht, die Gerechtigkeit – es liegt nun in Ihren Händen. Greifen Sie zu oder ziehen Sie sich zurück. Sie haben es in der Hand.«

»Verzeihung«, rief eine Stimme, drängte sich an ihnen vorbei und eilte voran.

Holger Retzer

Er spuckte auf den Boden, wischte sich über das Gesicht. Sein Körper wollte eine Pause, aber das würde er nicht zulassen. Nicht jetzt.

Du bist in ihr Haus eingedrungen. Du hast Clara bedroht und sie in Angst versetzt – dann wirst du das hier auch hinkriegen.

Nicht mehr weit, dachte Holger. In der Ferne tauchte eine Bank auf. Dort würde er sich hinsetzen.

Nein, schoss es in seinen Kopf. *Weiter. Zurück zum Fahrrad. Fühle den Willen, den du hattest, als du über den Zaun geklettert bist.*

Holger schloss die Augen. *Ich fühle es.*

Mörder. Mörder. Ich bin kein Mörder.

Du bist GAMMA. Lass es professionell angehen, dann wird es besser werden. Er hörte Stephanies Stimme. Seine Heilerin. Bald würde er sie wiedersehen, und es gab viel zu besprechen.

Habe Mut, Holger, sagte sie. *Und stelle dich deiner Angst. Stelle dich deinen Taten. Stell dich deiner Schuld. Du bist gegen sie gefahren, nicht sie in dich. Du in sie. Und du hast ein Leben genommen. Ein Leben für ein Leben.*

»Was?«, flüsterte Holger. Er wurde langsamer. Plötzlich krampfte er, als ein infamer Schmerz seine Hüfte hochschoss. Holger drückte die Arme an die Brust und verlor die Kontrolle über seine Blase. Urin lief ihm über die Beine. Unvermittelt ließ der Druck nach. Die Schmerzen zogen sich zurück.

Er landete auf dem Boden. Jemand beugte sich über ihn. Zwei Gestalten. Eine Frau und ein Mann. Die

Frau hielt einen Taser. Ihr Gesicht ... das war doch ...
Die Mütze saß tief. Der Mann war fremd. Er fischte
seinen Rucksack von den Schultern.

Holger grunzte und schlug der Frau ins Gesicht. Sie
schnappte nach Luft und segelte zurück. Der Taser
flog ihr aus der Hand. Holger konzentrierte sich auf
die Beine. Der fremde Mann sah die Frau mit großen
Augen an. Dann ihn.

Holger stöhnte und rollte sich auf den Bauch. Von
dort kämpfte er sich auf die Füße hoch. Seine Hüfte
pochte. Ein Kribbeln zog durch seine Glieder.

Er biss die Zähne zusammen und setzte einen Schritt.
Dann noch einen.

Hinter ihm erklangen Stimmen. Die Frau war
erwacht. Sie schien ihn zu verfolgen. Holger sah
zurück ... Was in Gottes Namen wollte sie, und wer
war sie?

Clara Sarker

Nein, du entkommst mir nicht. Sie wischte sich das Blut von der Nase und stand auf. Den Taser fischte sie vom Boden. Holger war ein paar Schritte entfernt.

Clara rannte hinter ihm her. Er fuhr herum und … Sie sprang gegen sein Becken. Holger verlor den Halt und stürzte. Clara landete auf ihm. Sie fluchte und drückte den Taser hinunter.

Holger griff von unten dagegen. Der Taser verharrte wenige Zentimeter vor seinem Brustkorb. Clara drückte … weiter … Holger drückte von unten. Seine Augen funkelten. Die Lippen bebten. Clara ächzte. Hastig nahm sie ihren anderen Arm zur Hilfe.

Holger stöhnte … Dann kam ihr Stumpf zum Vorschein. Holger starrte ihn an. Clara riss die Augen auf.

Mist! Jetzt weiß er, wer ich bin.

»Du?«, fragte Holger. Der Taser krachte auf seinen Brustkorb. Er lallte, als hätte er getrunken, und seine Augen verdrehten sich. Blaues Licht schoss durch den Taser in ihn hinein.

Clara blickte in Holgers Gesicht. Er starrte in alle Richtungen. Speichel tropfte aus seinem Mund, glitt über sein Kinn. Wie er dalag … so erbärmlich.

Rauchfetzen stiegen in die Höhe. Holgers Sporthemd begann an der Stelle zu lodern. Karl kam angerannt und schlug ihr den Taser aus der Hand. »Genug, meine Liebe.« Er beugte sich über Holger und bohrte ihm eine Spritze in die rechte Schulter. In ihr befand sich eine grünliche Flüssigkeit.

Unvermittelt hörte Holger auf zu zittern. Seine Lider fielen zu.

Lediglich sein Atem war noch zu hören.

Clara ließ sich auf den Hintern sinken. Schweiß perlte ihr von der Stirn.

Karl sah sie an. Er lächelte. »Sehr gut, Frau Sarker. Das haben Sie hervorragend gemacht.«

»I-ich weiß nicht, was über mich gekommen ist«, sagte sie.

»Mut und Entschlussfähigkeit.« Karl stand auf und verstaute die Spritze und den Taser. »Machen Sie sich keine Sorgen. Das meiste ist geschafft. Jetzt beginnt die wahre Rache.«

»Die wahre Rache?« Clara rappelte sich hoch. »Ich denke, er hat eine gute Abreibung bekommen.«

»Das ist nichts … Wunden heilen. Körperliche Verletzungen begleiten einen nicht für lange. Außer …« Er blickte auf den Stumpf. Clara verbarg ihn hinter dem Rücken.

»Ich verstehe.«

»Nein, noch nicht«, sagte Karl. »Ich biete Ihnen etwas an, was Ihnen niemand anbieten kann. Glauben Sie mir. Etwas Großes ist dabei, zu geschehen. Helfen Sie mir.« Er beugte sich hinunter und packte einen von Holgers Armen.

»Was haben Sie vor?« Clara nahm den anderen Arm.

»Wir müssen ihn wegschaffen. Vertrauen Sie mir.«

Sie begannen zu ziehen.

Als sie das Auto erreichten, war die Sonne fast untergegangen. Eine leichte Düsternis lag über dem

Wald.

Vor dem Auto ließ Clara Holger fallen. Sie keuchte.

»Würden Sie bitte aufmachen?«, fragte Karl.

Clara griff in ihre Hosentasche und öffnete den Wagen. Karl schlug den Kofferraum zurück und hievte Holgers Körper hinein. Anschließend verschloss er die Tür.

Er klatschte in die Hände. »Wir haben jetzt kurz vor sechs. Fahren Sie nach Hause, ruhen Sie sich aus, und dann machen Sie sich auf den Weg zum Maltheimer Friedhof. Ich werde dort auf Sie warten.«

»Zum Maltheimer Friedhof? Warum denn dahin?«

»Dort werden Sie die Möglichkeit haben, Rache zu üben, Clara. Glauben Sie mir, Sie werden es nicht bereuen. Kommen Sie in normaler Kleidung. Ein Parkplatz wird für Sie bereitstehen. Direkt vor dem Tor. Gegen zehn Uhr, am Abend.«

»S-sie haben doch gesagt, dass wir ihn nicht töten werden«, raunte Clara.

Karl nickte. »Und ich stehe zu meinem Wort. Keine Sorge. Das wird nicht passieren. Es gibt andere Möglichkeiten, Rache zu üben. Und Sie werden entscheiden.« Er tippte ihr auf die Schulter. »Los jetzt. Es wird Zeit, zu gehen. Ruhen Sie sich aus. Ich werde dort auf Sie warten.«

Clara schluckte. Sie stieg in den Wagen und schaltete das Licht an. Mein Gott! Sie sah zurück … Holger war ja noch im Kofferraum. Wie lange er wohl schlief? Sie sah sich nach Karl um, aber er war verschwunden, genau wie Holgers Fahrrad.

»Hä?« Clara blickte durch die seitlichen Fenster hinaus. Karl war nicht da.

Sie startete den Motor und fuhr aus der Waldschneise auf die Straße. Auf dem Weg schaltete sie das Radio an.

Zu Hause ließ sie den Wagen auf der Einfahrt stehen und eilte direkt ins Badezimmer. Sie warf alle Klamotten von sich und stellte sich unter die heiße Dusche. Dort setzte sie sich auf den Boden. Wartete … Wartete …

Fünf Minuten vor der vereinbarten Zeit fuhr Clara vor den Friedhof. Karl hatte recht. Es gab einen freien Platz, nur wenige Meter von dem Eingangstor entfernt. Der Friedhof schloss gegen halb zehn, weshalb das Tor eigentlich zu sein müsste, aber offenbar hatte Karl es geöffnet.

Was hatte er vor?

Sie stellte den Motor ab und stieg aus.

Ein paar Lampen erhellten die Straße. Außer ihr war niemand in der Nähe. Holger lag im Kofferraum. Bisher war er nicht aufgewacht.

Sie ging zum Tor und sah sich um. In der Nacht wirkte der Friedhof finster und schummrig. Die wenigen Bäume bildeten aufragende Stäbe, deren Spitzen in den Himmel stierten. Die Wolken hingen tief. Der Mond war kaum zu sehen.

Hm … In der Ferne war wenig zu erkennen. Und wo war Karl? Sie sah auf die Uhr. Noch drei Minuten. Clara sah wieder zu ihrem Auto. Wenn Holger jetzt aufwachte, dann …

Eine Glocke schlug in der Nähe. Es war zehn.

Dass dieser Friedhof auch so öffentlich liegen muss.

Sie drehte sich um, betrachtete den Hügel. Dort hatte Durandi mit ihr geredet und ihr Karl empfohlen.

Ein leichter Wind blies ihr entgegen.

Dann …

Ein Streifen in der Finsternis. Clara kniff die Augen zusammen Dort war jemand. Er erschien am oberen Rand des Hügels. Ein Mann mit Anzug und langem Mantel. In der Hand hielt er einen orangefarbenen Regenschirm. Er setzte ihn auf den Boden und winkte ihr zu.

Karl Master.

»Kommen Sie zu mir, Frau Sarker. Ich möchte Ihnen etwas zeigen.«

»Aber der Wagen?«, rief Clara auf die Entfernung. »Was ist mit Holger?«

Karl winkte ab. Scheinbar konnte er sie hören.

Sie ging los, bis sie den Hügel erreichte und dann nach oben.

Der Hügel war steil. Mit jedem Schritt wurde Karl erkennbarer. Die schwarzen Haare, das breite Grinsen, die kleinen, starrenden Augen. Er wartete, bis sie neben ihm stand.

»Ich grüße Sie, Frau Sarker. Eine Freude, dass Sie es geschafft haben.«

»Ich gebe mein Bestes.« Clara atmete schnell. »Glauben Sie, dass es regnen wird?« Sie musterte den Regenschirm.

Karl lächelte. »Man muss immer für alles vorbereitet sein. Sind Sie bereit, Ihre Rache auszuüben?«

Clara trat von einem auf das andere Bein. »I-ich ... äh ... ich denke schon.«

»Wir werden sehen.« Er schnippte durch die Luft. Sah sie an.

Clara blickte um sich. »Und jetzt?«

»Moment noch. Er kommt.«

»Wer?«

»Holger.«

»Aber ... aber der Wagen ist zu ...«

Karl vollführte eine ausladende Handbewegung in Richtung des Tores. Clara sah hin ... Gott! ... Holger schwebte durch das Tor, als würde ihn jemand tragen. Er glitt über das Gras und näherte sich dem Hügel. Dabei schien er zu schlafen.

»W-wie ist das möglich?«, fragte Clara.

»Hier ist alles möglich, Frau Sarker. Alles. Ihnen sind keine Grenzen gesetzt. Ich habe Ihnen gesagt, dass ich Ihnen etwas anbieten werde, was niemand anbieten kann, und ich werde mein Wort halten.« Er schnippte erneut und Holgers Körper bewegte sich den Hügel hinauf. Wie aufgebahrt lag er da ... friedvoll. Clara drückte sich die Hand auf den Mund. Neben ihnen blieb Holger in der Luft stehen.

»Hier liegt der Mann, der Ihren Ehemann getötet hat. Sie erinnern sich?«

Clara nahm die Hand runter. In ihrer Brust spürte sie ein Brodeln.

»Das ganze Leiden«, sagte Karl. »Der Schrecken. Ich

kann ihn selbst hier spüren. Jeder kann ihn sehen. Sie leiden kläglich, Frau Sarker, denn Sie sind das Opfer einer bösen Tat geworden.«

Clara schloss die Augen. Sie sah einen weißen Lieferwagen ... BUUURG ... Teller ... Blut ... TOD.

»Ja«, sagte Clara. »Er hat es getan.«

»Und er ist nicht bestraft worden. Sie kamen zu mir, um Rache zu üben und sich selbst zu helfen. Ich habe eingewilligt, und jetzt stehen wir hier und sind kurz davor, den nächsten Schritt zu tun. Sind Sie bereit?«

»Ja«, rief sie. Sie öffnete die Augen.

Karl lächelte. »Darf ich Ihnen jemanden vorstellen?« Er deutete nach links, den Hügel hinunter. »Ich präsentiere Ihnen voller Stolz: die Box.«

Clara legte die Stirn in Falten. »Die was?«

Karl nickte in die Richtung. Clara drehte sich um. Neben ihnen, in kurzem Abstand, ragte ein gewaltiger Kasten in die Höhe. Beinahe so groß wie ein Gebäude. Er war glatt geschliffen, aus Stein oder einem anderem Material und strahlte in einem geheimnisvollen Blau. Die Kanten waren spitz und die Wände eben. Er besaß keine Muster oder Auffälligkeiten, und er schien mit einer Ecke im Hügel festzustecken. Ein makelloser Quader.

»Kommen Sie.« Karl näherte sich der Box.

Clara klappte der Mund auf. Wie war dieses abnorme Objekt hierhergekommen? So etwas hätte sie doch sehen müssen ...

»Es ist niemand hier außer uns.« Karl blieb neben der Box stehen.

Holger schwebte neben ihnen her.

»Das ist Ihre Chance, Frau Sarker«, sagte er. »Nutzen Sie sie, denn sie wird nur einmal da sein.« Er lächelte. »Diese Box ist mehr, als Sie denken. Sie ist … wirkungsvoll. Und sie ist fähig, etwas zu tun, was besser ist, als die brutalste Rache, die Sie sich ausmalen können. Sind Sie bereit, es zu hören?«

Clara nickte. Sie musterte die gewaltigen Wänden der Box.

Karl holte tief Luft. »Diese Box *nimmt*.«

»Nimmt?«

»Sie ist fähig, zu nehmen. Was immer Sie wollen.« Karl ging um Holger herum. Mit einem Finger deutete er auf seine Augen. »Sein Augenlicht? Die Fähigkeit, zu denken? Sie können ihm seinen rechten Arm nehmen.« Er zeigte auf ihren Stumpf. »Und zwar vollständig, wenn Sie wollen. Wie wäre es mit einem Bein oder gleich beiden? Eine Niere? Oder …« Er hielt inne und tippte Holger auf die Stirn. »Seine Erinnerungen? Der Glaube an das Gute? Sie können ihm die Gedanken an seine Familie rauben. Sie können ihm die Gedanken an Sex mit seiner Frau nehmen. Sie können ihm die Freude nehmen. Die Hoffnung. Gute Träume. Die Erinnerung, zu essen und zu trinken, so dass er beides neu lernen muss. Sie können ihn vergessen lassen, wie man sich reinigt oder wie man auf die Toilette geht. Sie können ihm alle Gefühle nehmen und ihn als leere, kalte Hülle zurücklassen. Was möchten Sie?«

Clara fuhr sich über das Gesicht. Das war doch … »I-ich weiß nicht genau.«

»Sie haben nicht viel Zeit, Frau Sarker«, bekundete Karl. »Nicht alles steht ewig zur Verfügung. Ergreifen Sie ihre Chance und nehmen Sie sich zurück, was Ihnen gehört: die Gerechtigkeit.«

»Was passiert, wenn ich einwillige?«, fragte Clara.

»Es kommt darauf an, worin Sie einwilligen«, sagte Karl. »Wählen Sie weise, aber schnell.« Er trat einen Schritt zurück.

Clara musterte die Box. Sie thronte wie ein Wall auf.

Sie musste an ihre Schreibversuche denken, die fehlgeschlagen waren. Nach dem Unfall war sie an sich selbst verzweifelt. Ihre Unfähigkeit, Wörter mit der linken Hand zu tippen. Sie waren in ihrem Kopf gewesen, verharrend, aber sie hatte sie nicht schreiben können, da ihre Hand versagt hatte. Auch jetzt waren die Wörter da. Sie schrien, wollten, dass sie sie aufschrieb, aber sie konnte nicht … Nur eine halbe Seite war bisher entstanden. Und dann das leere Haus … Ohne Liebe, da diese mit Kai gestorben war. Blut an ihren Händen … Überall Teller …

»Nimm ihm alles«, sagte sie.

Karl lächelte. »Ich kann ihm seine Gefühle und Empfindungen nehmen. Ist es das, was Sie wollen?«

»Ja! Er soll nichts mehr sein.«

»Dann ist es so.« Karl schnippte mit den Fingern und es knackte, als sich ein Durchgang in der Wand des Quaders bildete und einen düsteren Gang enthüllte.

Clara beugte den Kopf vor, aber Karl hielt sie zurück. »Nicht! Sie sind nicht dran.« Er deutete auf Holger.

183

»Sondern er.« Holger schwebte über das Gras zu der Passage. Kurz darauf verschwand er in der Dunkelheit und hinter ihm verschloss sich der Zugang wieder.

»Was passiert jetzt mit ihm?«, fragte Clara.

»Das, was Sie gewollt haben.« Karl reichte ihr die Hand. Clara ergriff sie zögerlich. »Ich danke Ihnen für die Möglichkeit, dass ich helfen konnte. Sie haben Ihr Werk erfüllt. Vertrauen Sie mir. Um den Rest kümmere ich mich.«

»Aber … das war es schon?«, fragte Clara. »Er ist in dieser Kammer verschwunden, und das war die Rache? Was ist mit den Gefühlen und Empfindungen?« Sie zuckte die Achseln.

»Sie müssen mir glauben, Clara Sarker. Er wird Ihre Rache erfahren.« Karl nahm ihre linke Hand und hob sie hoch. Langsam führte er sie zu der Box … legte sie auf.

Clara riss den Mund auf und unterdrückte einen Schrei, als ihre Glieder verkrampften und ihre Gefühle aus dem Körper strömten. Da war … war … nichts mehr …

Sie ächzte. »Nein, nein, bitte machen Sie, dass es aufhört.« Clara sank auf die Knie.

Karl ließ ihre Hand los und sie fiel auf den Rücken. »Und das ist nur ein Bruchteil von dem, was Holger passieren wird«, sagte Karl. Clara zitterte.

Als das warme Kribbeln ihren Kopf erreichte, prustete sie ausgelassen. Karl beugte sich über sie. »Genießen Sie ihr Leben, Frau Sarker. Sie haben noch viel vor.«

184

Er tippte ihr auf die Stirn.
Clara schloss die Augen.

Karl Master

»So, schlaf jetzt, Holger. Steige in deine Träume, durchlebe ihre schillernde Pracht und morgen … morgen ist ein ganz neuer Tag für dich. Voller Überraschungen. Morgen, da wirst du ein anderer Mensch sein.« Er deckte ihn zu und legte ihm zwei Finger auf die Stirn. »Du wirst dich erinnern können. Nicht an alles, aber an manches, und das wird dir weiterhelfen, zu verstehen. Es wird dir helfen, den richtigen Weg zu finden.« Er nahm die Finger zurück und stand auf. Holger schlief neben seiner Frau.

»Weißt du, die Box nimmt nicht nur, sie kann auch geben. Und dieses Mal hat dir die Box nicht alles genommen. Eine Sache ist noch da und sie wird dich verrückt machen: der drängende Wunsch das alles wieder umzukehren. Ich wünsche dir viel Erfolg dabei. Denk daran: Die Box gewinnt immer. Und wer das Gegenteil behauptet, ist ein Lügner.« Er trat aus dem Zimmer. Hinter sich verschloss er die Zimmertür und verließ die Wohnung.

Holger Retzer

Holger schlug die Augen auf. Er sah die Zimmerdecke, wo die Lampe hing. Die Fenster waren geschlossen.

Er setzte sich aufrecht hin und strich sich über das Gesicht. Er fühlte es nicht. Warum fühlte er es nicht? Er öffnete den Mund, aber kein Wort kam aus seiner Kehle. Er griff sich an den Hals, strich über die Beine. Schließlich warf er die Decke zurück und stand auf.

Seine Frau rührte sich. Sie grummelte etwas, schlief weiter. Holger machte einen Schritt. Wo war der Teppich? Normalerweise war einer da. Wenn man über ihn schritt, hatte man das Gefühl, die feinen Borsten würden die Fußsohlen streicheln.

Diesmal war da nichts.

Er blickte hinunter. Doch! Der Teppich war da.

»Nein!« Er beugte sich hinunter, bohrte die Finger in die Wolle.

Nichts.

Musste er auf die Toilette? Holger fiel nach hinten. Da war nichts in ihm …

Er stand wieder auf, sah seine Frau schlafen. Gerade drehte sie sich auf die andere Seite. Ihre Haare bedeckten einen Teil ihres Gesichts. Die Arme hatte sie angezogen, genau wie ihre Beine. Wie sie dalag … wie früher … als sie jünger gewesen waren. Vor den Kindern.

Holger legte den Kopf schräg.

Er liebte seine Frau nicht mehr.

Clara Sarker

Clara erwachte, dehnte die Arme und stand auf. Der Wecker zeigte zehn Uhr. Sie erhob sich und ging ins Bad.

Unten strahlte die Sonne durch die Fenster und beleuchtete das Haus.

Clara stellte sich vor die Scheiben und blickte auf die Einfahrt. Ihr Wagen stand dort. Letzte Nacht hatte sie ihn dort abgestellt.

Ob Karl noch etwas getan hatte?

Karl … Er hatte sie berührt, danach war alles dunkel geworden.

Sie strich über ihren Stumpf. Die Erinnerungen kamen Stück für Stück … Die Ankunft, Holger, der geflogen war. Dann Karl und die Box. Die imposante Box. Sie war plötzlich erschienen, als hätte Karl einen Vorhang zurückgezogen. Und dann … die Box hatte genommen. Clara hatte ihre Rache bekommen. Holger hatte seine Gefühle verloren.

Sie fasste sich an die Brust.

Damit war es geschafft …

Sie ging in die Küche und machte sich einen Tee. Die letzte Nacht war die beste seit Langem gewesen. Sie hatte durchgeschlafen und keine bösen Träume gehabt.

Den fertigen Tee brachte sie in einer Tasse zum Glastisch. Dort lag eine Fernbedienung für das Radiosystem, das Kai aufgebaut hatte. Seit dem Unfall hatte sie keine Musik mehr daraus gehört.

Sie nahm die Fernbedienung und drückte drei

Knöpfe. Die Kiste sprang an und eine berauschende Melodie erfüllte den Raum. Clara begann zu tanzen. Zuerst in die eine, dann in die andere Richtung.

Holger Retzer

Im Schlafanzug rannte Holger in den Keller hinunter. Der Boden sollte kalt sein. War er vermutlich auch, aber Holger spürte nichts. Unten blieb er stehen und starrte auf seine Zehen. Der Boden bestand aus glattem Stein … aber nichts.

Hastig eilte er zu der Kiste, in der sich der Teddy befand. Er war nicht da … er war … Holger schloss die Augen. Da war nichts. Keine Gänsehaut, kein Anschwellen der Brust … als wäre er taub.

Wo hatte er den Teddy hingelegt?

Nicht in die Kiste, dachte er. Sondern … Sein Blick fuhr zu der Treppe.

Dort lag er.

Er rannte hin und nahm ihn zwischen die Hände. Dabei setzte er sich auf die Treppe.

»Bitte, Teddy, mach, dass das endet. Ich bin in einem Traum, oder?«

Geräusche von oben. Vermutlich Magda oder die Kinder. DIE KINDER … Nichts. Keine Liebe. Nichts.

Er erinnerte sich an den letzten Sex mit seiner Frau. Ein paar Tage war der her. Magda hatte auf dem Bett gelegen – nackt, die Beine laszivgestreckt, den Kopf angewinkelt und hatte ihn herangewunken. Er hatte sie gewollt, er … Nichts.

Holger drückte sich den Teddy an die Stirn.

Er war verloren. Was war passiert? Stand er unter Drogen? Aber durch was und wie war das geschehen?

Was ist passiert?

Holger ließ den Teddy fallen und ging hinauf. Magda

erschien in der Tür. Sie war angezogen und hatte ihre Haare frisch gewachsen. Sie lächelte. »Holger, was machst du denn schon wieder im Keller?«

Holger lächelte. »I-ich räume ein wenig auf.«

Magda breitete die Arme aus. »Und dir auch guten Morgen.«

»Morgen.« Holger gab ihr einen Kuss auf die Wange.

»Ist dir da unten nicht kalt?«

»Es geht.« Holger trat an ihr vorbei in die Küche. Magda folgte.

»Ich kümmere mich um die Kinder. Du solltest dich fertigmachen, wenn du rechtzeitig zur Arbeit erscheinen willst.«

»Ja, ja, stimmt.« Holger nickte.

Magda verließ den Raum und rief nach den Kindern. Holger sah sich um. Früher hätte er vielleicht ein Drücken im Bauch gefühlt und ein Flimmern über den Nacken, aber diesmal nicht. Da war gar nichts …

Clara Sarker

Clara nahm ihr Handy und öffnete die Nachrichten. Das hatte sie seit langer Zeit nicht mehr getan und es waren Dutzende.

Sie öffnete den Chat ihrer Schwester und schrieb, dass sie sich heute Abend melden würde und dass es ihr gut ginge. Dann legte sie das Handy beiseite.

Nachdenklich ging sie durch das Wohnzimmer. Die Box kam ihr wieder in den Sinn. Karl hatte ihr geholfen, und Holger bestraft. Das war zwar alles immer noch … seltsam, aber … immerhin fühlte sie sich jetzt besser.

Sie ging in den Keller. Unten sah sie Kais Mantel auf dem Boden liegen. Vor ihm blieb sie stehen, hob ihn hoch.

Oh Kai … Der weiche Stoff war warm. Dabei war es kalt im Keller.

Sie erinnerte sich an ihren Traum, den sie von Kai gehabt hatte. Mit seinem Gesicht, das mit ihr geredet hatte, kurz bevor sie Holger an Karl ausgeliefert hatte. Das fühlte sich an, als wäre es eine Ewigkeit her.

Sie legte den Mantel zusammen und verstaute ihn in einer Kiste. Kai war begraben, aber seine Seele würde für immer bei ihr sein.

Genug der Trauer, dachte sie.

Holger Retzer

Magda erschien wieder in der Küche. »Was machst du denn da?«

Holger sah sie an. »Ich muss nachdenken. Mir geht gerade viel durch den Kopf.«

»Aha.« Sie schien nicht überzeugt.

»Ist etwas?«, fragte Holger. Da war nichts in ihm.

Sie schüttelte den Kopf. »Beeil dich lieber. Ich meine ja nur.« Sie verließ die Küche, rief nach den Kindern. Holger folgte und ging hinauf in den ersten Stock. Im Badezimmer setzte er sich auf die Toilette. Vermutlich musste er um diese Zeit.

Nachdenklich starrte er gegen die gegenüberliegende Wand. Da war nichts in ihm … gar nichts … Er hörte das Rauschen seines Urins.

Aber … Etwas war doch da, etwas Kleines … Er stand auf, spülte. Blieb stehen.

Jaaa … Dieser Zustand durfte so nicht bleiben - Das war da!

Er musste etwas unternehmen …

Clara Sarker

»Clara, ich habe hervorragende Nachrichten für dich!«

»Hm?« Clara schlug die Folie zurück und stach die Gabel in den Kuchen. Das Handy lag auf dem Tresen, der Lautsprecher war eingeschaltet.

»Es geht um dein letztes Buch. Es soll verfilmt werden«, sagte Jenny, ihre Agentin.

»Wirklich, das ist wundervoll.« Sie nahm noch ein Stück und steckte es sich in den Mund.

»Isst du gerade?«

»Ja.«

»Aha, jedenfalls scheinst du dich nicht sonderlich zu freuen.«

Clara lächelte. »Doch, ich bin vollkommen begeistert. Was sollte ich sonst sein?«

»Solltest du wirklich. Es ist nämlich der nächste große Schritt in deiner Karriere. Danach werden wir aus dem Genre nicht mehr wegzudenken sein.«

Clara blickte zu den großen Fenstern. Draußen war Nebel aufgezogen. Die Wipfel der Bäume bewegten sich im Wind.

»Hallo?«, fragte Jenny. »Bist du noch da?«

»Ich bin da, Jenny, und freue mich für uns. Leite alles in die Wege, kümmere dich darum. Kann ich sonst noch etwas für dich tun?« Sie aß das letzte Stück.

»Nein, aber kann ich was für dich tun?«

»Was meinst du?«

»Na ja, ich habe ja nicht vergessen, wie es dir die letzten Wochen ging, Clara. Ich hoffe, dass du

194

zurechtkommst.«

»Mir geht es besser, danke. Jeder Tag scheint mich weiter aufzubauen.«

»Dieser Verlust, ich kann es nicht glauben … es ist …« Sie verstummte.

»Mach dir keine Sorgen, Jenny. Um diese Dinge muss ich mich allein kümmern.«

»Du hast recht«, kam es aus dem Hörer. »Aber solltest du etwas brauchen, dann sag bitte Bescheid, okay?«

»Mach ich.«

»Da wäre noch eine Kleinigkeit.«

Schweigen.

Clara verdrehte die Augen. »Nein, ich kam noch nicht sonderlich weiter.«

»Überhaupt nicht?«, brach es aus Jenny hervor. »Nicht mal ein bisschen?«

»Doch schon ein bisschen, aber nicht viel. Ich sag dir Bescheid, sobald ich mehr habe.«

»Okay … gut … dann hören wir uns.«

»Genau.« Sie legte auf und räumte den Teller in die Spülmaschine. Danach ging sie zu den Fenstern und legte die Hand auf. Das Glas war stabil.

Als sie sie wieder herunternahm, prangte ein Abdruck darauf. Ihre fünf Finger.

Erneut erinnerte sie sich an die Box und was sie getan hatte. Der Moment auf dem Friedhof. Holger, der neben ihr schwebte. Bewusstlos.

Was Holger wohl jetzt machte? *Wenn er so ohne Gefühl ist, wie ich, als Karl meine Hand auf die Box gelegt hat … Mein Gott!*

Sie wandte sich ab und ging hoch in ihr Arbeitszimmer. Es war wieder Zeit zu schreiben.

Sie setzte sich vor den Computer und schaltete ihn ein. Während er hochfuhr, blickte sie hinaus.

Diesmal könnte es nur gut werden ...

Holger Retzer

Holger rannte durch den Wald. Sprang, landete …
rannte weiter.

Hinter ihm spritzte Erde in die Luft. Wenn er sich
über das Gesicht fuhr, waren seine Finger feucht.

Sein Atem ging schnell.

Vor einem Weiher blieb er stehen. Äste und ein halber
Baumstamm lagen im Wasser. Gräser wuchsen aus
der Flut.

Holger verharrte am Rand. Vögel zwitscherten in der
Nähe.

Ein Rascheln hinter ihm.

Sieh dich um, jemand könnte da sein.

Er drehte sich um. Aber es war niemand da. Nur
Blätter.

Er drehte sich zurück. Diese Gefühle. Sie fehlten …
Wo waren sie nur?

Holger sank auf die Knie und bohrte die Hände in
den Dreck. Warum fühlte er das nicht? Wo waren
seine Empfindungen? Das war doch nicht normal.

Er blickte auf das Wasser. Noch gestern wäre er
wütend gewesen. Er dachte an einen Moment vor
einigen Wochen, als er in der Bank gestanden und
seine Kontokarte verloren hatte. Wut hatte ihn
gepackt. Er hatte gezittert und … Jetzt spürte er gar
nichts.

»Neeeeein!« Er warf Blätter in die Luft. Sein Magen
knurrte, aber warum? Er hatte keinen Hunger. Oder
doch?

Stephanie … Sie war seine letzte Hoffnung.

Holger stand auf und zog die Schuhe aus. Danach die Hose, bis er nackt war. Eigentlich müsste es doch kühl sein, oder?

Er blickte an sich hinunter. Sein Penis hatte sich zusammengezogen.

Langsam ging er voran. Das braune Wasser schwappte an das Ufer.

Geh nicht hinein, es ist dreckig und vielleicht wirst du krank. Oder es lauert etwas im Wasser, das dich angreift und hinunterzieht. Weißt du noch, der Film mit dem Tümpel, in dem das Monster gewohnt hat, das die Bewohner ermordete?

Es ist kalt, du weißt es, verhalte dich auch so!

Weißt du noch …

Er stieg in das Wasser. Immer weiter. Die Fluten reichten ihm bis zu den Knöcheln, zu den Knien, Schenkeln, erreichten seinen Penis, zogen zu seinem Bauchnabel, zur Brust. Der Weiher war tief. Vielleicht berührten jetzt Pflanzen seine Beine? Oder Tierchen? Eine Hand? Der Körper eines verwaisten Wanderers, der ins Wasser gefallen und nicht mehr aufgetaucht war?

Er holte tief Luft und tauchte unter. Schlamm wirbelte auf. Bläschen lösten sich von seinen Lippen. Die Zeit verging hier wohl langsamer. Über ihm fiel die Welt zusammen.

Er war nicht bei der Arbeit gewesen, sondern gleich in den Wald gefahren. Dann war er gerannt, bis sein Körper rebelliert hatte.

Egal.

Holger sah sich um. Gräser wuchsen in der Nähe. Er sah hinunter.

Moment.

Auf dem Grund des Weihers war etwas. Mit den Armen schwang er aus … ging tiefer. Dort unten enthüllte die Erde ein Gesicht. Er kam näher …

Sie war es!

Holger senkte eine Augenbraue.

Clara. Aber nur ihr Gesicht. Sie öffnete den Mund und das Wasser lief ein, als würde sie trinken. Holger bewegte die Arme, aber der Sog war zu stark. Claras Augen blinkten. Holger stieß sich mit beiden Füßen vom Boden ab … er kam näher … noch näher … Dann klatschte sein Mund auf ihren. Sie küsste ihn.

Er küsste sie.

Der Sog ließ nach.

Holger schloss die Augen und sah Wald. Ein Weg … Er joggte dort. Schnell, denn er wollte an seine Grenzen kommen. Zwei Menschen waren auch da. Sie liefen weiter vorne.

Kurz darauf erreichte er sie, lief an ihnen vorbei und dann ... Die Frau … wer war die Frau? Holger öffnete die Augen. Claras Lippen hielten ihn.

Jetzt war da ein Friedhof. Dunkel, in der Nacht. Wolken, die über den Horizont strichen. Zwei Gesichter beugten sich über ihn. Ein Mann und eine Frau. Der Mann blieb unklar, die Frau … sie war ersichtlicher. Es war Clara. Sie sagte Dinge über ihn. Der Mann antwortete, aber seine Stimme war undeutlich.

Dann ein Gebilde. Groß, gewaltig, wie ein Quader. Mitten auf dem Friedhof.

Clara ließ ihn los. Er wich zurück. Das Gesicht im Boden wurde kleiner ... kleiner ... Irgendwie wurde ihm schwindelig.

Holger stieß sich vom Grund ab und trieb nach oben ... höher ...

Als er durch das Wasser brach, amtete er frische Luft ein. Seine Brust hob und senkte sich hektisch. Langsam stieg er aus dem Wasser, zog sich an und ging den Weg zurück, den er gekommen war.

Clara Sarker

Sie drückte die Tasten, eine nach der anderen. Es gelang ihr, drei Sätze zu schreiben, dann zog sie die Hand zurück. Ihr Atem ging schnell. Nur mit einer Hand zu schreiben war anstrengend.

Sie wartete wenige Sekunden, dann machte sie weiter. Nach fünf Sätzen kamen die ersten Fehler, aber Clara tippte weiter.

Nach einer Weile stand sie auf und ging um den Tisch herum.

Draußen war der Nebel dichter geworden. Erneut musste sie an Holger denken. Ob er gerade Probleme hatte?

Vögel stießen zwischen den Nebelfetzen hindurch. Die Bäume wirkten verschwommen.

Ihr Handy vibrierte. Clara schüttelte den Kopf. *Nicht jetzt.*

Sie setzte sich wieder hinter den Schreibtisch und tippte. Sie machte so lange weiter, bis sie eine Seite geschrieben hatte. Als sie das letzte Worte getippt hatte, lehnte sie sich zurück und sah auf die Uhr. Fast zwei Stunden hatte sie gebraucht. Früher hätte sie in dieser Zeit drei Seiten geschrieben und korrigiert. Aber damals hatte sie auch zwei Hände gehabt.

Übung, dachte sie. *Du musst nur üben.*

Sie speicherte das Dokument und schaltete den PC aus. Dann ging sie ins Badezimmer.

Während das Wasser lief, bereitete sie das Badesalz vor, das Kai ihr geschenkt hatte.

Das Wasser dampfte.

Sie stieg hinein und ließ sich treiben.
Zufrieden schloss sie die Augen.

Holger Retzer

Holger klingelte an Stephanies Tür. Sie wohnte abseits der Innenstadt, in einem ausgedehnten Wohnviertel. Hier gab es nichts außer älteren und neuen Bauten.

Ihre Praxis befand sich eine Etage über ihrer Wohnung.

Holger klingelte, aber niemand öffnete.

Er drückte zwei andere Klingeln.

Bei der ersten meldete sich niemand. Bei der zweiten dröhnte eine ältere Stimme durch die Gegensprechanlage: »Ja?«

»Können Sie mich reinlassen?«

»Wer sind Sie?«, fragte der alte Mann.

»Ein … der Postbote.«

»Der klingelt nie«, sagte der alte Mann.

Hm … Die Tür ging auf und eine junge Frau mit einem Kinderwagen trat heraus. Das Baby lutschte an einem Schnuller. Holger hielt die Tür auf und eilte dann hinein.

Stephanie hatte ihr Büro im vierten Stock und als er die Tür erreichte, ging er gleich hinein.

Drinnen war es ordentlich. Es gab mehrere Türen, die verschlossen waren. Der Boden bestand aus rotem Teppich. An den Wänden hingen Kalender mit psychologischen Sprüchen, die Mut, Wertschätzung und Geduld vermitteln sollten. Ein Aquarium stand auf einem kleinen Schrank. Darin trieben bunte Fische.

Hinter einer Tür drang ein Rascheln hervor. Holger trat vor, öffnete sie.

Drinnen saßen zwei Frauen. Stephanie rechts und die andere Frau links.

Stephanie klappte die Kinnlade hinunter. Die andere Frau schien verwirrt. Ihre gekräuselten Haare lagen flach auf ihrem runden Schädel auf und sie hatte ein Muttermal auf der rechten Wange.

»Holger«, zischte Stephanie. »Was zum Henker machst du denn hier?«

Stephanie hatte kurze blonde Haare und eine weiche Haut. Mit Vorliebe trug sie Jeans.

»Ich muss mit dir reden – sofort!«, sagte Holger.

»Das geht nicht, du siehst doch, dass ich beschäftigt bin. Wir haben in zwei Tagen unser Treffen!«

»Es kann nicht warten«, winkte Holger ab. »Bitte, wenn du mir zuhörst, dann wirst du es verstehen. Es ist wichtig.«

Die fremde Frau erhob sich.

»Bitte, Frau Kaiser, setzen Sie sich, ich kläre das.«, sagte Stephanie. Sie legte eine Mappe hin und wandte sich an Holger. »Komm, schnell.« Sie führte Holger hinaus.

Hinter sich schloss sie die Tür. Das Licht im Aquarium leuchtete bläulich.

»Holger, so funktioniert das nicht, das habe ich dir das letzte Mal gesagt. Was fällt dir ein, hier aufzukreuzen und meine Sitzungen zu stören?«

»Ich muss mit dir sprechen, und es kann nicht warten!«, erklärte Holger.

»Hast du jemanden umgebracht?«, fragte Stephanie.

»Geh, und wir sehen uns am Mittwoch. Jetzt kann ich

dir nicht helfen.« Sie wandte sich ab.

Holger packte ihren Arm. »Ich fühle nichts mehr.«

Stephanie zögerte. »Was meinst du damit?«

»Nichts. Da ist nichts.« Er berührte seine Hände, strich sich über das Gesicht. »Alles weg, als wäre es nie da gewesen. Warum? Wo ist es hin?«

Stephanie schien nachzudenken. »Warte hier«, sagte sie schließlich und eilte wieder in das Zimmer.

Kurz darauf kam Frau Kaiser hinaus. Mürrisch lief sie an ihm vorbei zur Tür und aus der Praxis.

Holger betrat das Zimmer … Stephanie wartete niedergeschlagen in der Mitte des Raumes.

»Ich danke dir.« Holger setzte sich auf den Stuhl, in dem die fremde Frau gesessen hatte.

Stephanie setzte sich ebenfalls. Sie seufzte. »Okay, was ist passiert?«

»Ich fühle nichts mehr.«

»Was soll das heißen, du fühlst nichts mehr? Meinst du eine gefühlskarge Durststrecke?« Sie lehnte sich zurück. »Holger, du hast nicht viel Zeit. Ich habe nicht lange Pause. Danach kommen weitere Patienten. Du bist eigentlich erst am Mittwoch dran.« Sie schüttelte den Kopf.

Holger faltete die Hände. »Wenn ich mich berühre, dann spüre ich das nicht. Wenn ich ins Wasser gehe, fühle ich es nicht. Ich merke weder Kälte noch Wärme. Nichts. Es ist alles weg.«

Stephanie sah ihn an. »Nichts?«

»Nichts«, wiederholte Holger. Er berichtete von seinem Rennen im Wald und dem Weiher, in den er gestiegen war.

Als er fertig war, schloss sie die Augen. »Was ist davor geschehen?«

»Wo davor?«

»Bevor du aufgewacht bist.«

»Da war ich Joggen.« Holger fasste sich an die Brust.

»Und was ist da passiert?«, fragte Stephanie.

»Ich bin mir nicht sicher.« Holger starrte auf den Boden.

Stephanie stand auf.

»Bitte – warte, du musst mir hel …«

»Steh auf«, sagte sie. Holger gehorchte. »Und leg dich auf das Sofa.«

Es stand auf der anderen Seite des Raumes. Mit weißem Überzug. Holger ging hin und legte sich auf das Sofa, während Stephanie ihren Stuhl heranrückte.

»Mach die Augen zu.«

»Warum?«, fragte Holger.

»Ich werde dich jetzt hypnotisieren. Dadurch erhalte ich Zugang zu deinem Unterbewusstsein, und damit werden wir herausfinden, was letzte Nacht passiert ist.«

»I-ich weiß nicht, ob das funktioniert«, sagte Holger.

»Mach dir keinen Kopf. Es wird schon klappen.« Sie stand auf und ging zu einem Regal. Als sie wiederkam, hielt sie ein goldenes Pendel in der Hand. Sie hielt es ihm über die Stirn.

Holger betrachtete es.

»Mach die Augen zu.«

»Okay.« Der Raum verschwand. Lediglich Stephanies

Stimme war zu hören. Dann sah er Kreise, schwingende Formen, die tanzten. Das Bild implodierte, düstere Farben mischten sich ein, rotierten, bildeten quadratische Muster. Er hörte Stimmen. Das Rauschen von Wasser. Plötzlich befand er sich unter der Oberfläche. Ein Sog zog ihn zum Grund. Tiefer ... weiter ... Als er herumfuhr, blickte er in Claras Gesicht. Sie sah ihn an. Ihr Körper fehlte.

Was war das?

Er blickte ihr in die Augen. Sie lächelte. Dann öffnete sie die Lippen und Wasser floss in ihren Rachen. Holger wurde an ihre Lippen gepresst, küsste sie. Das Bild verschwamm, dunkle Muster drehten sich und formten die Struktur eines Vulkans. Der Vulkan erzitterte, dann brach er aus ... Asche regnete auf ihn nieder, sammelte sich zu einer imposanten Ausformung. Groß, bläulich glitzernd. Ein Quader.

Holger strich um ihn. Plötzlich öffnete sich ein Zugang ... Eine Passage ... Sie führte direkt ins Innere.

Holger betrat den Gang und lief geradeaus. Hinter ihm schloss sich der Durchgang.

Dunkelheit umfing ihn. Er hob die Hände, lief vorwärts ... stolperte!

Er schrie. Dann landete er auf etwas Weichem ...

Holger öffnete die Augen.

Er fühlte nichts.

Clara Sarker

Als Clara die Tür öffnete, trat Durandi ein.

»D-durandi?«, fragte Clara überrascht. Wie war sie denn hergekommen? Es hielt kein Bus in der Nähe, und ein Auto besaß sie auch nicht.

Durandi zog ihr Kopftuch ab und wickelte es um einen Kleiderhaken. Dann zog sie die Schuhe aus. Ihr Stock knarrte auf dem Boden. Lächelnd ging sie in die Küche. Clara folgte.

»Was für eine Überraschung!«, versuchte Clara es noch mal.

Durandi hob eine Hand.

»Möchtest du etwas trinken?«

Durandi klopfte auf den Tresen. »Einen Whiskey, bitte.«

Einen Whiskey?, dachte Clara und holte eine Flasche aus dem Schrank. Sie war angebrochen. Ein Glas nahm sie aus dem oberen Regal und stellte es vor Durandi ab. Dann schenkte sie ihr ein. Die alte Frau leerte das Glas in einem Zug.

»Noch mal?«, fragte Clara.

»Nein.« Sie ging zum Sofa. Dort ließ sie sich fallen.

»Äh, was genau machst du denn hier?«, fragte Clara.

»Erzähl mir, wie es abgelaufen ist«, sagte Durandi.

Clara näherte sich. »Ich habe nicht mit dir gerechnet.« Sie blickte auf die Einfahrt. »Bist du mit einem Auto gekommen?«

»Nein.« Durandi grinste. »Wie war es?«

»Es hat funktioniert.«

»Hast du sie gesehen?« Ihre Augen funkelten.

»Wen, Karl?«

»Nein, die Box.«

Die Box? Clara legte die Stirn in Falten. Dann fiel es ihr ein. Karl hatte sie so genannt. Der Quader, der *nahm*. Sie nickte. »Ja, habe ich. Sehr groß, äußerst faszinierend.«

»Ja«, sagte Durandi. Sie schlug mit dem Stock auf. »Hast du ihn hineingebracht?«

»Holger? Karl hat es getan.«

»Er ist ein guter Mann«, sagte Durandi.

»Durandi, du redest in Rätseln. Was genau möchtest du wissen?«

Durandi schloss die Augen. Sie lächelte. »Ich sehe sehr viel Trauer in dir, Clara. Immer noch. Aber sie wird schwächer. Bald ist sie ganz weg.«

Clara verschränkte die Arme vor der Brust. »Was meinst du?«

Durandi hob einen Finger. »Moment, da ist mehr … D-da … ich glaube es nicht.« Sie lächelte. »Er hat sie dich berühren lassen.«

»Durandi?«

»I-ich sehe, dass du *ihn* berührt hast. Die Box.« Sie öffnete die Augen. »Was für ein Gefühl. Und dann … dann ist da nichts mehr. Du weißt, wie es ist, oder?«

»Was?«, zischte Clara.

»ES!«, rief Durandi. »Das Schlimmste. Eine Welt ohne Gefühle. Du hast eine Vorstellung davon. Es ist grauenhaft.«

»Woher weißt du das?«, fragte Clara.

Durandi lächelte. »Es gibt nichts, woran man sich

nicht gewöhnen kann, Clara und alles hat seinen Preis. Als Karl mich vor vielen Jahren zu der Box brachte, war ich verzweifelt. Ich wusste keinen anderen Ausweg. Er war das Licht in einer Welt, die dunkel und verregnet war. Also willigte ich ein.«

»Ich denke, ich verstehe nicht ganz. Das habe ich auch gemacht.«

Durandi schüttelte den Kopf. »Nein, nein … du konntest ihn aufsuchen, ich musste. Das ist der Unterschied. Aber egal, wie es auch verläuft, eine Sache ändert sich niemals: Die Box gewinnt immer.«

Die Box gewinnt immer, dachte Clara. Das hatte Karl auch gesagt.

Durandi erhob sich und lehnte sich auf den Stock. »Wir alle haben unsere Bürden zu tragen. Ich bereits seit Langem. Hast du ein Messer?«

»Ein Messer? Wofür denn?«

Durandi schritt durch das Wohnzimmer, musterte die Regale, die kleinen Schränke. Sie öffnete eine Schublade. »Ah.« Sie kam zurück. In der rechten hielt sie ein scharfes Tranchiermesser.

Clara machte große Augen. »Was hast du denn damit vor?«

Durandi schob den linken Ärmel ihrer Jacke zurück. Darunter erschien weiße Haut.

»Sieh dir das an.« Durandi hob das Messer, legte es an und vollführte einen geraden Schnitt.

Holger Retzer

»I-Ich habe gefühlt.« Holger fasste sich an die Brust.

Stephanie lief im Zimmer herum. »Nein«, erklärte sie. »Du hast dich nur erinnert, Holger, und das, woran du dich erinnert hast, war nicht gut.«

Holger setzte sich auf. »Was meinst du damit?«

Stephanie sah ihn an. »Lass mich kurz nachdenken, Holger. Nur ganz kurz.« Sie begann im Kreis zu laufen.

Holger sah ihr zu. »Hm, vielleicht erklärst du mir, was du festgestellt hast?«

»Es ist etwas passiert, Holger. Mit dir. Etwas ist mit dir gemacht worden.«

Ich wusste es, dachte Holger. »Und wer war es? Und wie?«

»Nur ganz kurz.« Stephanie ging in die Knie.

Holger klopfte sich auf die Oberschenkel. »Was ist es?«

Stephanie sah ihn an. Es klingelte. »Morgen Abend. Einundzwanzig Uhr hier. Dann können wir reden.« Sie stand auf, verließ das Zimmer.

Holger folgte. »Aber was hast du denn gehört? Was ist passiert?«

»Ich sage es dir morgen.« Sie öffnete die Tür und ließ einen kleinen Mann eintreten. Er hatte eine Halbglatze und eine Brille, die ihm zu groß war. Hinter den Gläsern wirkten seine Augen schmal und aufgedunsen.

»Er wollte gerade gehen, Sie sind pünktlich, Herr Jiens.« Stephanie bedachte Holger mit einem auffordernden Blick. Holger trat hinaus. Hinter ihm fiel die Tür ins Schloss. Die Stimmen verstummten.

Holger ging die Treppe hinunter. Dann eben Morgen! Sein Magen knurrte. Vielleicht sollte er jetzt doch noch zur Arbeit fahren? Früher hätte er das mit Sicherheit gemacht.

Clara Sarker

»Hey, was soll das?!« Clara schrie, griff nach dem Messer. Durandi trat zurück und legte die Klinge auf den Boden.

»Geduld, Clara. Bleib ganz ruhig.«

Clara raufte sich die Haare. »Ich kann es nicht fassen. Was hast du getan?« Paul hatte doch gesagt, dass Durandi merkwürdig sei. »Ich muss den Krankenwagen rufen.«

»Nein!«, rief Durandi. Der Schnitt war gerade, aber nicht tief. Dennoch purzelten Blutstropfen auf den Boden »Nein, das ist nicht nötig. Sieh es dir nur an.«

»Du bist verrückt.« Clara eilte in die Küche, nahm einen Lappen und machte ihn nass. Dann kam sie zurück.

Durandi starrte auf die fallenden Tropfen. »Ist es nicht schön?«

»Du blutest!«, zischte Clara. Sie beugte sich hinunter und wischte die Tropfen weg.

»Warte, noch nicht. Sieh es dir an. Hast du mich schreien gehört? Bin ich zusammengezuckt?«

Clara erhob sich. Der Lappen war mit roten Flecken bedeckt. »Was sagst du da?«

»Du hast mich gehört. Ich habe es nicht gefühlt, und ich habe keine Schmerzen. Niemals.«

Sie nahm Clara den Lappen aus der Hand und drückte ihn sich auf die Wunde. »Irgendwann gewöhnt man sich daran, weißt du. Irgendwann wird es einem egal, auch wenn es fürchterlich ist. Du vergisst, wie es ist, den Wind zu fühlen oder dich zu waschen. Du tust es, da du weißt, dass du es tun musst, aber du hast keinen Druck. Es ist, als wäre man frei und doch gefangen. Ein freier Fall, der niemals endet.« Sie wickelte ihren Arm ein. »Es tut mir leid, Clara, dass ich dich erschreckt habe. Wir alle haben unsere Bürde zu tragen. Ich sehe, dass es dir gut geht, und das ist gut so. Genieße es, denn wer weiß, wie lange wir noch haben.«

Sie wandte sich ab. Clara starrte ihr nach.

»Ich denke nicht, dass wir uns wiedersehen werden. Ich bin alt und du … du hast andere Sorgen. Denke daran, dass ich dich immer geliebt habe. Nichts war umsonst. Glaube fest daran.« Sie verließ das Wohnzimmer. Clara blickte ihr nach. Auf einmal war es so kalt hier.

Als die Haustür zufiel, trat Durandi auf die Einfahrt. Es nebelte.

Clara beobachtete, wie ihre Tante durch die Schwaden schritt und verschwand.

Holger Retzer

Clara, dachte er. Sie hatte ihn angegriffen. Und sie hatte ihm aufgelauert. Aber wie war das möglich? Und warum fühlte er nichts. Was war dann passiert?

Holger legte sich die Hände gegen die Schläfen. Die Nacht war angebrochen und er hatte seine restliche Schicht beendet. Sein Chef war wütend gewesen und hatte ihm Vorwürfe gemacht, aber das war jetzt nicht mehr wichtig.

Jetzt war er fertig und stand in der Einfahrt der Firma, um den Wagen abzustellen. Die Lichter der Anlage leuchteten grell.

Er fuhr sich über den Hals.

Leere, dachte Holger … Er war leer wie ein Ball.

Er stieg aus und schritt um den Wagen herum. Die meisten Angestellten waren bereits gegangen. Im Sammelhaus brannte noch Licht. Offenbar sahen ein paar Fahrer Fernsehen oder duschten.

Holger öffnete den Kofferraum und zog den Werkzeugkasten heraus. Als er den Deckel hochklappte, entdeckte er eine Bohrmaschine. Er nahm sie und setzte sich wieder in den Wagen.

Dann drückte er den Knopf und die Maschine sprang an. Die Spitze funkelte im diffusen Licht.

Vielleicht, dachte Holger, musste er sich einfach mehr Schmerzen zufügen, um wieder etwas zu spüren? Etwas Nachdrückliches …

Aber was sollte er anbohren? Die Füße, die Hände?

Nein, nicht die Hände. Hände brauchte man immer. *Finger sind wichtig.* Dann der Oberschenkel? Ein kleines Loch? Aber auch nicht so klein, dachte er. *Wenn es nicht groß genug ist, dann merke ich es nicht, und dann aktiviert es mich nicht richtig.*

Der Oberschenkel also. Holger holte Luft und setzte den Bohrer an.

Ist es das wirklich wert?

Ja! Er drückte den Knopf und trieb sich die Spitze in das Bein.

Clara Sarker

Ihr Handy klingelte.

»Was?« Clara ging ran.

»Clara? Ich bin es, Paul. Alles klar?«

»Ja, alles gut«, sagte Clara. »Was ist los?«

Warum hatte Durandi es getan? Diesen Schnitt?

Diese Frage konnte ihre Tante nur selbst beantworten.

»Es geht um deine Mutter, Clara. Sie ist auf dem Weg zu dir.«

»Und?«

»Sie … hat jemanden bei sich. Ich habe versucht, sie davon abzubringen, aber du kennst sie ja. Wenn sie sich etwas in den Kopf gesetzt hat, dann zieht sie es durch.«

»Wer ist es?« Über den Fernseher flimmerten Bilder von lachenden Kindern, die Chipstüten hielten.

»Sie hat einen Psychologen engagiert, der sich um dich kümmern soll. Sie ist auf dem Weg zu dir. Mit ihm. Und sie möchte, dass du ihn kennenlernst. I-ich sage dir nur Bescheid, damit du nicht überrascht bist, wenn er kommt.«

»Okay … danke.« Clara machte den Fernseher aus.

»Sei ihr nicht böse, du kennst sie ja. Sie ist deine Mutter.«

»Ich weiß.«

»Sicher, dass alles gut ist bei dir?«

»Mir geht es blendend. Ich muss jetzt etwas essen. Können wir später reden?«

»Klar. Melde dich ruhig. Ansonsten melde ich mich.«

Er legte auf. Clara legte das Handy auf den Tisch. Sie

stand auf und ging in die Küche. Dort öffnete sie den Kühlschrank und spähte hinein. Etwas Wurst war da, Käse. Milch. Joghurt. Clara nahm den Fruchtjoghurt und stellte ihn auf den Tresen.

Dann holte sie einen Löffel und öffnete den Joghurt. Licht glitt durch die Fenster hinein. Ein Auto fuhr auf die Einfahrt. Das war wohl ihre Mutter mit dem Psychologen.

Was für ein eigenartiger Tag. Zuerst Durandi und jetzt ihre Mutter.

Clara stellte den Joghurt beiseite und schritt zur Eingangstür. Diesen Psychologen würde sie schon loswerden ... ohne Probleme!

Clara öffnete die Tür, bevor Galli und ein großgewachsener Mann sie erreichten.

Galli lächelte überschwänglich. »Grüß dich, Clara. Wie geht es dir?«

Holger Retzer

Blut spritzte in sein Gesicht, beschmierte seine Hände und tauchte die Maschine in rote Farbe.

Da war nichts ... Nicht einmal ein Kratzen.

Er schaltete die Maschine ab und stieg aus dem Wagen. Sein Bein machte keine Schwierigkeiten. Mit beiden Händen griff er das Loch in seiner Hose und zog den Stoff auseinander. Blut lief sein Bein hinunter. Viel Blut.

Sowas ... Er öffnete die hintere Wagentür und griff ein dreckiges Handtuch. Rasch drückte er es sich gegen die Wunde.

Offenbar war das keine gute Idee gewesen. Das Blut war jetzt überall und dabei war die Wunde gar nicht so groß.

Holger schüttelte den Kopf. Hier konnte er nicht bleiben. Er musste in das Sammelhaus und die Wunde auswaschen.

Eilig ging er um den Wagen herum zum Sammelhaus. Die linke hielt er auf das Handtuch gedrückt. Als er die Tür in das Haus öffnete, war die Stimme eines Moderators zu hören. Holger ging hinein, sah sich um. Links befand sich der Wohnbereich mit der Küche und dem Fernseher. Der Raum mit den Spinden und Duschen schloss daran an.

Einen anderen Zugang gab es nicht.

Weitere Stimmen waren zu hören. Bob oder Gert. Oder beide zusammen.

Schritte.

Holger drückte sich an die Wand. Er ließ das

Handtuch los und es segelte zu seinen Füßen. Schnell hob er es wieder hoch und presste es sich auf das Bein.

Vorsichtig spähte er in das Zimmer. Ein Kopf war zu sehen, definitiv Gert. Er aß gerade aus einer Chipspackung.

Wie kam er jetzt an ihnen vorbei, ohne aufzufallen? Wenn sie das Blut sahen, würden sie einen Krankenwagen rufen.

Er sah sich um. Rechts gab es eine Tür, hinter der sie Lebensmittel verwahrten. Und ein paar andere Gegenstände, die niemand brauchte.

Holger schlich hinüber und öffnete die Tür. Drinnen betätigte er einen Schalter und Licht sprang an. Er schloss die Tür und musterte die Schränke. Sie waren mit Dosen gefüllt. Bohnen ... solche Dinge.

Er sah nach rechts. Dort befanden sich gestapelte Eimer. Ein Wischmop, ein paar benutzte Lappen. Manche waren so trocken, dass sie fest wie Stein waren.

Stimmen auf dem Gang.

Jemand näherte sich.

Holger ging nach links, zu einem der Regale und stemmte seine Arme dagegen. Ein Stück zog er es vor. Dann packte er den Wischmop.

Die Tür ging auf.

Clara Sarker

»Clara.« Überschwänglich gab sie ihrer Tochter einen Kuss auf die Wange. Dann wandte sie sich an den Mann, der sie um zwei Köpfe überragte. Er war groß und dünn. Der Anzug, den er trug, hing faltig an ihm hinunter. Die Krawatte war gelockert.

Er reichte ihr die Hand.

»Seien Sie gegrüßt, Frau Sarker. Eine Freude, jemanden zu treffen, der noch bekannter ist als ich.«

Clara schüttelte seine Hand. »Ich habe noch nie etwas von Ihnen gehört, Herr …?«

»Karstens. Walter Karstens. Damit habe ich auch nicht gerechnet. Genau wie Sie in Ihrer Branche erfolgreich sind, bin ich es in meiner. Ich arbeite sowohl als privater Therapeut als auch als Dozent für Psychologie an der Lipsiensis Universität.« Wieder ein Lächeln.

Galli fasste sie am Arm. »Ich weiß, ich habe dir nichts gesagt, aber er würde gerne mit dir sprechen, um zu sehen, ob es passt. Du verstehst schon.« Sie nickte.

Diese aufdringliche … Clara trat zurück und deutete ins Innere. »Kommen Sie doch herein.«

Galli eilte zu den Kleiderständern und zog ihre Jacke aus. Ihren Stoffschal mit grünen und roten Mustern behielt sie an.

Walter Karstens zog seinen Mantel aus und hängte ihn an einen Haken. In der rechten Hand hielt er einen schmalen Aktenkoffer.

Als er fertig war, machte ihm Galli deutlich, ihr in die Küche zu folgen.

Clara seufzte. »Großer Gott, mach dass es endet.«

Sie schritt in die Küche und sah Galli dort hantieren. Der Herd lief und sie hatte eine Pfanne aufgesetzt.

»Was machst du denn da?«, fragte Clara.

Walter Karstens saß auf einem Stuhl am Tresen. Er sah sie an.

»Ich mache etwas Schnelles zu essen. Du hattest doch bestimmt noch nichts und ich könnte auch eine Kleinigkeit vertragen.«

»I-ich hatte aber bereits etwas.« Clara holte tief Luft.

»Wollen Sie nichts essen?«, fragte Walter Karstens.

»Das bisschen Ei kann ich vielleicht doch vertragen«, sagte Clara.

»Na also.« Galli öffnete die Eierpackung und schüttete die weiß-gelbe Mischung in die Pfanne. Es brutzelte. Dann eilte sie herum und fischte Gewürze aus den Schränken.

Clara trat an den Tresen. »Also, was passiert hier? Ich habe nicht mit euch gerechnet und bin dementsprechend nicht vorbereitet ... Verzeihen Sie, aber meine Mutter hat mir nicht Bescheid gesagt.«

»Das weiß ich. Sie hat mich im Auto informiert. Tut mir leid, wenn wir Ihnen Schwierigkeiten bereiten.«

»Schwierigkeiten eher nicht. Aber ich hatte mir meinen Abend anders vorgestellt. Vorsicht, Ma!« Galli griff nach dem rotierenden Glas im Schrank und stellte es wieder hin. »Kein Problem.«

»Also, wenn wir die Sache schnell hinter uns kriegen, wäre das nicht schlecht«, fügte Clara an.

»Natürlich. Das liegt ganz bei Ihnen.« Walter öffnete

seinen Koffer und fischte einen Schreibblock heraus. Dazu einen Stift. Ein vermutlich teures Exemplar.

Er schrieb etwas auf den Block und tippte dann mit der Rückseite des Stiftes auf das Papier.

Galli nahm die Pfanne vom Herd und ging auf die Suche nach Tellern.

»Wollen Sie mir ein wenig von sich erzählen?«, fragte der Arzt.

Clara biss die Zähne zusammen. Dieser Mann hatte kein Recht hier zu sein und das zu fragen.

Denk an deinen Plan.

»Was genau wollen Sie wissen?«

»Ich habe von Ihrem Unfall gelesen, Frau Sarker. Eine schlimme Sache. Auch wenn ich meine, dass einige Zeitungen vielleicht übertrieben haben, was die wahren Geschehnisse angeht. Jedenfalls wird dieses Ereignis einen schweren Einfluss auf Sie gehabt haben.«

Meine Güte, was für eine weise Persönlichkeit.

»Da liegen Sie nicht falsch. Was hat Ihnen meine Mutter erzählt?«

Galli beugte sich vor. »Das ist doch nicht wichtig …«

»Ruhe!«, rief Clara. Sie musterte Walter. »Sagen Sie es, bitte. Damit ich weiß, womit ich es zu tun habe.«

Walter nickte. »Sie meinte, Sie hätten sich zurückgezogen, ernährten sich unregelmäßig, gingen dem Leben aus dem Weg …«

Galli ließ den Kopf sinken.

»Iss dein Ei«, sagte Clara. »Je schneller du fertig bist, desto eher kannst du wieder gehen. Und Sie …« Sie deutete auf Walter. »Können mich mal. Glauben Sie, ich habe Lust, mich von Ihnen in meinem Haus bedrängen zu lassen?!«

Galli zog scharf die Luft ein. »Clara!«

»Iss dein beschissenes Ei.« *War das wirklich der Plan?* »Ich habe andere Probleme, als mir von euch den Abend verderben zu lassen. Du hast dich nicht gemeldet, nicht einmal ein Anruf. Nichts. Und jetzt erwartest du, dass ich mit diesem Trottel rede. Ich brauche keine Therapie. Es geht mir gut. Sieht man das nicht?«

Walter und Galli starrten sie fassungslos an.

Walter rückte seine Brille zurecht. »Wie ich sehe, Frau Sarker, scheinen Sie zu wissen, was Sie wollen.« Er erhob sich. »Ich bin heute gekommen, weil ich Ihnen helfen wollte. Ich habe kein Geld von Ihrer Mutter genommen und habe meine Zeit geopfert, da ich ein Fan von Ihnen bin und dachte, Sie brauchen jemanden, der Sie durch diese schweren Zeiten führt. Aber wie ich sehe, ist es anders. Es tut mir leid, dass ich Sie *bedrängt* habe. Haben Sie noch einen schönen Abend.«

Er packte seine Tasche und ging zurück in den Eingangsbereich.

Galli pfiff durch die Zähne. Dann lief sie an ihr vorbei zur Eingangstür. »Bitte, gehen Sie nicht.«

Die Tür knallte zu. Schritte.

»Ich hoffe, du bist zufrieden mit dir. Wir wollten dir nur helfen und du machst ein Theater, als würde die Welt untergehen. Ich bin traurig, Clara. Enttäuscht und traurig.« Galli wandte sich ab und zog sich an. Sie schnaufte. Die Tür knallte erneut und dann kehrte Ruhe ein.

Clara erhob sich von ihrem Stuhl und ging zu den Fenstern hinüber. Draußen war es dunkel. Als der Motor anging, aktivierten sich auch die Scheinwerfer. Langsam fuhr der Wagen durch die Einfahrt hinaus und davon.

Clara lehnte die Stirn gegen die Scheibe. Das war dann doch nicht so gut gelaufen … Und warum fühlte sie sich wieder so elend?

Sie seufzte. Müde setzte sie sich auf das Sofa, prüfte ihr Handy.

Ihre Schwester hatte sich gemeldet. Clara öffnete die Nachricht … Offenbar hatte Betti die Feier geplant und sie eingeladen.

Morgen, im Haus ihrer Eltern.

Holger Retzer

»Was machst du denn hier?« Gert blieb im Türrahmen stehen.

»I-ich reinige die hinteren Ecken des Raumes.« Holger bog den Wischmop in die Kuhle. »Das muss dringend gemacht werden.«

»Ich verstehe. Wann bist du denn fertig geworden?«, frage Gert.

»Womit?« Holger drückte sein verletztes Bein in die Lücke. Das Blut lief ihm in die Schuhe.

»Mit der Arbeit? Auf dem Plan stand, dass du heute nicht viel zu tun hast. Außerdem bist du erst spät gekommen, oder?«

»Das ist richtig. Hatte noch einen Termin beim Arzt.«

»Der Lotus war aber nicht froh darüber, ne?« Gert lachte. Lotus war der Name ihres Chefs. Eigentlich hieß er Logus, aber die Fahrer nannten ihn Lotus.

»Ja«, sagte Holger. »Das hat ihn nicht begeistert.«

»Bist du sicher, dass das notwendig ist?«, fragte Gert. Holger wandte den Kopf. Gert kam auf ihn zu.

»Moment!« Holger schüttelte den Kopf. »Ich habe es im Griff. Glaube mir. Das muss einfach mal von jemandem gemacht werden. Ist echt schmutzig hier.«

»Hm, okay. Möchtest du später dazukommen? Wir schauen Fußball. Die CTR Tigers spielen gegen die HJI Adler.«

Holger lächelte. »Äh, ich kann leider nicht. Muss noch nach Hause. Meine Frau, du verstehst.«

Gert nickte. »Ja klar, wir haben alle unser Problem zu Hause.« Er zwinkerte.

»Äh, weißt du, wo wir den Verbandskasten haben?«

Gert dachte nach. »Soweit ich weiß, haben wir einen im Duschraum. Das ist auch der Einzige. Warum? Hast du dich geschnitten?«

»Ne. Wollte nur mal nachsehen, ob damit alles in Ordnung ist.«

»Aha. Also … Wenn du gerade so beim Aufräumen bist, könntest du auch bei mir zu Hause anfangen …«

»Gert!«, rief jemand von draußen. Das war Bob.

Gert deutete nach draußen. »Ich muss weitermachen. Viel Freude.«

Holger nickte. Gert ging hinaus und ließ die Tür offen. Holger schälte sich aus der Lücke und warf den Wischmop beiseite. Staub klebte an seiner Hose. Noch immer lief ihm das Blut aus der Wunde.

Das Handtuch war schon durchweicht.

Ob er jetzt zu den Duschen rennen sollte? Es wäre möglich, aber … Er musterte die Dosen in den Regalen. Gert hatte eine der Bohnendose mitgenommen. Die mit der roten Soße.

Das war eine Möglichkeit.

Schnell schloss er die Tür und nahm eine Dose zu sich. Fünfhundert Gramm.

Er holte seinen Schlüsselbund aus der Hosentasche und rammte einen Schlüssel in die Dose. Ein Loch entstand. Erneut holte er aus, schlug zu … Dann wieder.

Als das Loch groß genug war, verteilte er die Bohnen über sein Bein. Langsam … damit sich der Saft überall verteilte. Der Geruch von Bohnen stieg ihm in die

Nase.

Jetzt musste er sich beeilen. Die Dose nahm er mit.

Er trat hinaus und rannte los, in das Hauptzimmer. Dort stand das Sofa. Darauf saßen Gert und Bob, sahen fern … Dann nicht mehr.

Holger eilte an ihnen vorbei zu den Spinden.

»Was ist denn da passiert?«, rief ihm Gert hinterher.

»Mir ist eine Dose Bohnen aufgebrochen und über das Bein gelaufen. Voll die Sauerei.«

»Die guten Bohnen«, rief Bob. Keinem schien das Blut aufgefallen zu sein.

Holger warf die Dose in den Müll. Das Spiel im Fernsehen ging weiter.

Holger zog die Hose aus und betrat die Duschen. Sein ganzes Bein war rot von Blut.

Er schaltete das Wasser ein, stellte sich darunter.

Als das Blut weg war, war die Größe der Wunde erkennbar. Sie war etwa so groß wie ein Daumen, schien aber nicht so tief zu sein.

Das war keine gute Idee gewesen!

Er stellte das Wasser ab und hinkte zu dem Verbandskasten an der Wand. Holger nahm ihn herunter und klappte den Deckel zurück.

Darin befanden sich Verbände, Medikamente und andere Utensilien.

Er nahm ein großes Pflaster heraus und drückte es auf die Wunde. Dann griff er eine Verbandsrolle. Er wickelte sie so lange um das Bein, bis das Pflaster nicht mehr zu sehen war. Den Rest legte er zurück in den Kasten.

Anschließend ging er zu den Spinden zurück und entsorgte dort die Hose mit dem Loch. Er hatte zwar keine andere, aber besser halb nackt als mit der Bohnenhose herumzulaufen.

Dann öffnete er seinen Spind und holte seinen Rucksack heraus. Als er in ihn hineingriff, raschelte es …

Moment.

Er zog die Hand heraus. Ein Papier … Ein Zettel … Er klappte ihn auseinander.

Dir läuft die Zeit davon. Gestehe endlich und ich werde Dich in Ruhe lassen. Sag, was Du getan hast und Du wirst Frieden finden. Solltest Du es nicht tun, passiert Fürchterliches.

Holger ließ das Schreiben sinken. Hm … Wer hatte das geschrieben? Und was bezweckte der Autor damit?

Er faltete den Zettel zusammen und steckte ihn zurück in den Rucksack.

Mörder, dachte er. War es Clara gewesen? Bestimmt! Aber was würde sie ihm schon antun, wenn er ihr nicht gehorchte?

Er zog den Rucksack auf und trat hinaus. Bob und Gert hörten auf zu lachen und starrten ihn an. »Hoho, was wird denn das?«, fragte Bob. Sein Gesicht war milchiger als sonst.

»Ich musste meine Hose loswerden«, meinte Holger.

»Und das da?« Gert zeigte auf den Verband. »Sieht

229

übel aus.«

»Ist nur, um mein Gelenk zu schonen. Habe mir im Fitnessstudio etwas gerissen.«

Bob faltete die Hände im Schoß. »Du kommst ja rum.«

Holger versuchte ein Lächeln. »Ich muss dann mal.«

»So?«, hakte Gert nach. »Draußen ist es kühl. Du erkältest dich noch.«

Holger nickte. »Ich schaffe das schon.«

Bob stieß Gert in die Seite. »Also diesen Mut hätte ich auch gerne.« Er lachte. »So was habe ich noch nie gesehen.«

Holger ging davon.

»Ach, und grüße deine Frau von uns. Sie ist wirklich gütig.«

Holger zögerte, drehte sich um. »Habt ihr sie gesehen?«

Bob und Gert sahen wieder zu dem Fernseher.

»Ja«, erklärte Bob. »Hat sie dir das nicht gesagt?«

Holger schüttelte den Kopf. »Nein.«

»Sie war schon mehrmals hier und hat gesagt, dass sie dir ein paar Dinge vorbeibringen möchte, aber du warst immer weg, also habe ich ihr gesagt, dass ich dir ausrichte, was sie zu sagen hat. Aber sie hatte nie etwas zu sagen.«

»Sondern?«

»Sie wollte wohl etwas für dich abgeben.«

»Und … wo hat sie es hingelegt?«

»Hm, ich nehme an in deinen Spind. War dort nichts?« Bob sah ihn an. »Ich meine, ich hätte sie an deinem Spind gesehen. Sie hat wohl den

Zweitschlüssel benutzt.«

Der Zweitschlüssel, dachte Holger. Der einzige Schlüssel, der neben seinem und dem des Chefs die Spinde aufmachen konnte. Er war nicht versteckt, sondern lag zugänglich in der Schlüsselschale im Eingangsbereich ihres Hauses. Jeder konnte ihn nehmen. Aber ... warum hätte Magda ihn nehmen sollen? Und was hätte sie ihm in den Spind gelegt?

Holger fuhr sich mit der Zunge über die Lippen. »Ich muss los.«

»Aber grüß sie von uns. Sie ist immer so nett.«

Holger verließ das Haus und eilte zu seinem Auto. Fuhr los ...

Karl Master

Karl trat die Stufen hinunter und sah sich um. Da hingen Klamotten an Haken. Jacken, ein Damenmantel mit aufgestelltem Kragen und andere Kleider.

Er wendete zur Küche und riss die Augen auf, als Clara durch ihn hindurchlief.

Er drehte sich um. Schleier wirbelten um seine Arme.

Viel Zeit hatte er nicht mehr.

Langsam folgte er Clara. Sie hielt ihr Handy in der Hand und sah ihn nicht. Offenbar ging es ihr besser als gestern. Ihre Rache war ausgeführt, und sie hatte viele Gedanken erfolgreich beilegen können.

Karl hielt sich am Treppengeländer fest. Clara lief an ihm vorbei. So dicht, dass sie beinahe seine Nase berührte. Sie schritt die Stufen hinauf und verschwand in einem Zimmer.

Karl fiel auf die Stufen. Er röchelte, dann ging ihm der Atem aus. Er fasste sich an den Hals. Etwas kämpfte sich seine Luftröhre hinauf. Karl würgte und erbrach einen Schwall Wasser auf die Stufen.

Langsam zog er sich hinauf. Seine Sehkraft ließ nach.

Ein Geräusch.

Clara verließ ihr Zimmer, lief nackt herum. Ihr Stumpf war zu sehen.

Karl lächelte. Seine Kehle brannte. Schnell schloss er die Augen, zählte bis zehn …

Als er die Augen aufriss, lag er im Wasser. Es schwappte an seine Ohren, füllte seine Nase. Er schlug mit der rechten Hand auf und ein Gewicht löste sich von seinem Kopf.

Ruckartig hievte er den Kopf aus der Wasserschale. Er schloss die Augen und holte Luft. So lange hatte er es in der Wasserschale noch nie ausgehalten. Der Preis des Sehens bestand darin zu leiden, als würde er ertrinken. Deshalb war da nie viel Zeit, wenn er sich mithilfe des Meisters in das Wasser beugte.

Zwei Hände legten sich auf seine Schultern.

»Und, was hast du gesehen?«

»Sie ahnt nichts«, sagte Karl. »Sie freut sich über den Erfolg, den wir hatten, Meister, und sie hat keine Ahnung, was sie erwartet. Nicht mehr lange und das Kartenhaus fällt über ihr zusammen. Und sie wird dabei nicht die Einzige sein.«

»Wird sie folgen?«

»Sie wird ein grausames Schicksal erleiden.«

»Gut.« Die Stimme zog sich zurück. Ein Knall, Karl machte die Augen auf. Das Wasser in der Blechschale schwappte. Der Tisch war feucht.

Karl stand auf und wischte sich über das Gesicht. Der Plan ging auf. Schritt für Schritt nahmen die Figuren auf dem Spielbrett ihre Positionen ein.

Holger Retzer

Langsam lenkte Holger den Wagen in die Einfahrt des Hauses. In der Wohnung brannte Licht. Magda war da. Vielleicht auch die Kinder?

Er stieg aus und ging zur Tür. Es klackte, als er öffnete.

Drinnen roch es nach Pizza. Holger legte den Rucksack ab und schritt durch den Flur. Rechts befand sich die Küche. Geräusche waren zu hören. Magda stand in der Küche, eine dreckige Schürze umgezogen.

Als sie ihn bemerkte, hob sie die Brauen.

»Was machst du da?«, fragte Holger. Er sah zum Ofen.

Magda wedelte sich Luft zu. »I-ich wollte dir etwas kochen, bevor … bevor du kommst.« Sie starrte auf seine nackten Beine. Holger musterte sie. Ihre Haare waren durcheinander, und auf ihrer Stirn hatten sich Schweißtropfen gebildet. Sie schien nervös zu sein.

»Das ist nett.« Holger wandte sich ab. Er ging zu seinem Rucksack und holte den Brief heraus. Dann ging er wieder zurück.

»Das habe ich in meinem Spind gefunden«, begann Holger. »Genau wie die anderen Nachrichten, die man mir hineingesteckt hat. Das *Mörder*, habe ich entfernt. Ich glaube, dass es keiner außer mir gesehen hat.«

Er warf ihr den Brief vor die Füße.

Magda musterte den Brief.

»Möchtest du etwas dazu sagen? Bob hat erwähnt,

234

dass du häufig dort warst, um etwas abzugeben. Ich habe mich gefragt, was das sein könnte, denn ich habe nichts erhalten. Außer dem da.«

Er zeigte auf den Brief. »Also war es doch nicht Clara. Ich war so fest davon überzeugt. Aber du hast natürlich gewusst, wer es gewesen ist, richtig? Du hast die Briefe in meinen Rucksack getan, als ich auf der Arbeit war. Warum?«

Magda ließ die Arme sinken. »Du bist schuldig, Holger. Das hast du selbst gesagt.«

»Was?«

»Der Unfall ...« Sie hob einen Finger. »Das war kein richtiger Unfall! Du hattest Schuld an dem Zusammenstoß und du hast gelogen. Ein Mensch ist wegen dir gestorben und du bist zu feige gewesen, die Wahrheit zu sagen. Das konnte ich nicht zulassen.«

»Ich dachte, du würdest es verstehen.«

Magda seufzte. Sie wandte ihm den Rücken zu und begann den Lauch zu schneiden. »Ich liebe dich, aber ich kann nicht zulassen, dass du unsere Familie mit dieser Lüge auseinanderreißt. Du musst dich deiner Verantwortung stellen.«

»Dein Plan war, dass ich eigenständig aussage, nicht wahr?«

»Ja. Ich habe gedacht, dass dich diese Botschaften dazu bewegen, freiwillig auszusagen. Aber ... das hast du nicht getan.«

»Nein. Und wenn ich es getan hätte? Was wäre dann passiert? Im Zweifel hätten sie mich eingesperrt und du wärst mit den Kindern allein gewesen. Wäre das besser?«

Magda schnitt den Lauch. »Wenigstens wäre unser Gewissen rein. Du hättest deine Schuld abgesessen und wärst zu uns zurückgekommen. Als freier Mann. Ohne Last.« Sie drehte sich um.

»Du warst eine sehr böse Ehefrau«, sagte Holger.

Magda bebte. In der rechten hielt sie das Messer.

»Wo sind die Kinder?«, fragte Holger.

»Sie sind oben und spielen. Was hast du vor?«

»Ich weiß noch nicht. Ich bin mir unsicher.« Er trat zurück.

»Ich werde gehen, Holger«, sagte Magda. »Ich habe es vorbereitet und wollte noch heute fahren. Ich nehme die Kinder mit. Die Koffer sind gepackt. Wir kommen zurück, sobald du gestanden hast.«

Die Koffer im Keller, dachte Holger. Deshalb hatten sie unten gestanden.

Er ging auf sie zu.

»Weißt du, was sich Neues ereignet hat?«

Magda starrte ihn an. »Nein, was?«

»Ich fühle nichts mehr, Magda.«

»Was meinst du damit?«

»Das, was ich sage. Meine Gefühle sind weg. Gib mir das Messer!«

Sie zögerte.

»Das Messer, habe ich gesagt.«

»Ich werde dir das Messer nicht geben!«

Holger riss die nächste Schublade auf und holte ein weiteres heraus. Magda quiekte. Er hob die Klinge und zog sie über seine linke Handfläche. Blut lief hinab. »Siehst du? Ich merke nichts.« Er tippte auf den Verband an seinem Oberschenkel. »Heute habe ich mir einen Bohrer in das Bein gerammt. Auch nichts. Es ist, als wäre ich körperlich tot.«

Magda ging nach hinten und nahm das Messer in beide Hände. »Das ist krank, Holger. Ich weiß nicht, was mit dir los ist, aber das ist krank.«

»Etwa so krank, wie dem eigenen Ehemann Drohnachrichten zu schreiben? Du hast so wahnsinniges Glück, dass ich keine Wut auf dich empfinde.«

Er kam auf sie zu, packte sie an den Schultern. »Ich könnte mir abscheuliche Sachen vorstellen. Dir den Hals umzudrehen, dir die Augen aus dem Kopf zu drehen, bis deine Höhlen nur noch dunkle Kuhlen sind. Was ist mit Arme herausreißen oder die Wirbelsäule brechen? Das alles ist in meinem Kopf, aber es hat keine Bedeutung. Nichts hat Bedeutung.«

Magda schnitt ihm mit dem Messer über den linken Arm. Dann versetzte sie ihm einen Stoß und löste sich aus seinem Griff. Holger trat nach hinten. Er fasste nach ihr … packte ihren Unterarm.

Sie schwang das Messer, aber Holger schlug es ihr aus der Hand. Dann warf er sie herum. Magda kreischte und knallte mit dem Bauch gegen den Tresen. Keuchend glitt sie auf den Boden. Holger musterte sie.

»Ich bitte dich, so hart ist das nicht gewesen, also stell dich nicht so an.« Er beugte sich hinunter und hob ihren Kopf an. Sie stöhnte. »Mir ist eingefallen, was ich wissen muss, Magda. Ich habe, seitdem ich ohne Gefühle aufgewacht bin, diese grauenhaften Gedanken über einen Friedhof und einen Quader. Ich sehe zwei Personen, und eine davon ist eine Frau. Sie ist immer da. Ich denke, dass es Clara ist, aber gerade bin ich mir nicht sicher. Vielleicht bist es auch du? Vielleicht hast du mir ja meine Gefühle geklaut. Und wenn du es warst, dann kannst du sie mir auch zurückgeben, richtig? Also, warst du es?«

Magda stöhnte.

»Hallo?« Er schlug ihr gegen die Wangen. Plötzlich riss sie die Augen auf und schlug ihm die Faust in den Mund. »NEEEEIN!«

Holger griff ihren Arm und zog sich die Faust aus dem Mund. Plötzlich warf sie sich gegen ihn und er landete auf dem Rücken.

Magda stand auf, rannte los.

Nicht so schnell! Er streckte seine Beine vor. Sie stolperte, schwang die Hände und knallte mit der Stirn gegen die Ofenkante. Leblos sackte sie zu Boden.

Holger stand auf.

An der Ofenkante, wo ihr Kopf aufgeschlagen war, klebten Blut und Haarsträhnen. Ob sie tatsächlich tot war? Er beugte sich über sie, zog an ihren Haaren.

Nichts.

Er fasste mit zwei Fingern unter ihre Nase. Auch nichts.

Aber … er spürte ja auch nichts. Er beugte den Kopf vor, bis er mit einem Ohr ihre Wange streifte.

Lauschte.

Nichts.

Sie war tot.

Schritte von oben. Kinderstimmen. Die beiden Mädchen.

Holger stand auf und nahm das Küchenmesser, mit dem Magda den Lauch geschnitten hatte. Dann trat er auf den Gang. Vielleicht wussten die Mädchen ja mehr als ihre Mutter? Immerhin hatten sie zusammengearbeitet, und er brauchte seine Gefühle zurück!

Clara Sarker

Clara zog die Decke bis zum Hals. Auf die Scheiben des Schlafzimmers tropfte der Regen.

Was war das heute nur für ein Tag gewesen … Durandi war erschienen, dann ihre Mutter und der Psychologe.

Clara musste an Durandis Worte denken: »*Ich denke nicht, dass wir uns wiedersehen werden …*«

Ob Durandi sterben würde, da sie krank war? Möglich wäre es, denn sie war alt. Aber das auf diese Weise anzukündigen war seltsam. Im Zweifel musste sie Paul Bescheid sagen, damit er sich nach seiner Schwester erkundigte. Vielleicht kam Durandi aber auch zu der Feier, von der Betti geschrieben hatte?

Ob sie selbst hingehen sollte? Hm … Vielleicht wäre es besser, wenn sie hinging, damit sie ihre Mutter und Durandi treffen konnte. Damit würde sie auch zeigen, dass es ihr gut ging und sie auf dem Weg in ein normales Leben war.

Ihre Zimmertür knarrte. Clara sah vor. Durch die seitlichen Fenster strahlte Mondlicht herein.

Die Tür öffnete sich ein Stück und eine blaue Hand erschien auf der Kante.

Clara setzte sich auf. Der Hand folgte ein schimmernder Körper. Er schien aus Nebel zu bestehen und Schwaden lösten sich von ihm ab.

»Kai«, flüsterte Clara. Er sah genauso aus, wie sie ihn aus dem demolierten Auto gezogen hatte. Der Kopf hing schief und die Kleidung war teilweise zerfetzt.

Er kam näher, setzte sich auf das Bett. Blaue Fetzen

wehten von ihm ab.

»Ich habe dich rufen hören«, sagte Kai. »Ein heller, weiter Ruf, der mich hat kommen lassen. Ich bin gerannt, sonst hätte ich es vermutlich nicht geschafft.«

»I-ich habe nicht gerufen«, sagte Clara.

»Doch … doch, das hast du«, sagte Kai. »Deine Seele hat angefangen zu schreien. Ich habe es gehört.«

»Wann?«

»Vor Kurzem. Du warst an einem dunklen Ort, zusammen mit einer dunklen Person, umringt von dunklen Gedanken.«

»Du meinst den Friedhof?«

Kai nickte.

»Es ist getan«, sagte Clara. »Ich habe es für uns getan.«

»Was hast du getan? Sag es.«

»Rache«, sagte Clara. »Ich habe ihm alles genommen, wie er mir alles genommen hat.«

Er blinzelte langsam. »Du hast ihm seine Gefühle genommen und seine Empfindungen?«

Clara nickte. »Genau. Damit er weiß, wie es ist, in ewiger Kälte zu leben.«

»Aber es ist anders als ewige Kälte. Es ist schlimmer.«

Clara verzog das Gesicht. »Was meinst du damit? Habe ich einen Fehler gemacht?«

»Das weiß ich nicht.« Er zeigte auf ihre Brust. »Ich bin da drin. Und ich bin gekommen, um zuzuhören.«

»I-ich weiß nicht, was ich denken soll.«

»Doch, das weißt du. Tief in deinem Inneren weißt du es. Du fühlst Unsicherheit, Clara. Du zweifelst an dir selbst. Aber genauso gut, wie du deine Taten verurteilen kannst, kannst du sie als rechtmäßig ansehen. Denk daran … du hast gelitten und er hat es nicht getan. Jetzt leidet er und du drohst es wieder zu tun.«

»Was soll ich tun?«

»Das liegt bei dir.«

»Hättest du es getan? Die Box, meine ich, und Karl?«

Kai lächelte. »Ich tue das, was du tun würdest, denn ich bin ein Teil von dir. Vergiss das nicht. Ich war da, weil du es wolltest. Ich bin jetzt da, weil du es willst. Mehr nicht.«

»Also lag ich richtig.«

»Wenn du das sagst.«

»Ich möchte es gerne. Was kann ich tun, damit ich weiß, dass es richtig war.«

»Du musst wieder anfangen zu leben. Schreibe deine Bücher. Treffe dich mit Menschen. Lebe frei und unbeschwert. Werfe die Schmerzen hinter dich und dann … wenn Jahre vergehen, wirst du wissen, dass es richtig war.«

Clara schluchzte. »Ja, genau das möchte ich.«

»Du weißt, was du tun musst. Du hast es immer gewusst. Jetzt wird es Zeit, aufzuwachen.«

»Aber … ich schlafe doch gar nicht.«

»Du schläfst schon lange genug.« Er schnippte mit den Fingern und Clara öffnete die Augen. Durch die Fenster war die aufgehende Sonne zu sehen. Der Regen war auf den Scheiben getrocknet. Ein schöner Tag brach an.

Holger Retzer

Holger klopfte mehrmals, ehe die Tür aufging. Stephanie sah ihn an.

»Holger? Was machst du hier?« Sie blickte auf den Flur. Sie trug ihr Nachthemd. Aus ihrer Wohnung kam der Geruch von Tee und Kräutern heraus.

»Ich habe meine Frau und die Kinder getötet. Und jetzt weiß ich nicht weiter.«

Stephanie klappte der Mund auf. »Du hast was?«

Holger nickte. »Ich habe es getan.« Er lächelte. »Ich war gar nicht wütend auf sie, ich wollte nur wissen, ob sie mir meine Gefühle gestohlen haben. Und jetzt brauche ich deine Hilfe.«

Stephanie strich sich über die kurzen Haare. »Äh … äh …« Sie griff vor, packte die Türklinke und …

Holger streckte einen Fuß vor, stoppte die zugehende Tür. »Nein! Du musst mich reinlassen, denn ich werde nicht gehen.«

Stephanie keuchte. Sie ließ die Tür los und sie schwang wieder zurück.

»Ist noch jemand da?«, fragte sie.

Holger schüttelte den Kopf. Der Flur war düster.

Stephanie streckte eine Hand vor und tastete die seitliche Wand entlang. Dort war die Klingel und weiter unten der Lichtschalter. Sie drückte ihn. Gleißendes Licht erhellte das Treppenhaus.

Holger verschränkte die Arme hinter dem Rücken.

Sie sah ihn an. »Ich glaube es nicht«, flüsterte sie. »Du bist … voller Blut.«

»Es ist nicht meins«, sagte Holger.

Stephanie stöhnte. »E-es … komm rein.« Sie trat beiseite.

Holger schritt an ihr vorbei. Hinter ihm machte sie die Tür zu.

Gemeinsam gingen sie in die Küche. Sie war modern eingerichtet, mit einer breiten Küchenzeile entlang der Wände, einem grauen Kühlschrank, einem großen Tisch in der Mitte. Auf dem Tisch lag eine rote Tischdecke. Darauf ein Ständer für Servietten. Durch ein Fenster waren die anderen Häuser zu sehen. Die Sonne war noch nicht ganz aufgegangen.

Stephanie setzte sich auf einen Stuhl. Holger blieb stehen.

»Du … du hast deine Familie umgebracht?«

Holger nickte. »Aber es macht mir nichts aus. Sie haben mir nicht helfen können. Du aber, du kannst mir helfen.«

»Ich weiß nicht, was du meinst?«

»Das Treffen heute Abend? Wir halten es jetzt!«

Stephanie schüttelte den Kopf. »Wir müssen die Polizei rufen.«

»Nein«, sagte Holger. »Das kommt nicht in Frage. Die Polizei wird uns nicht helfen. Sag mir, was du weißt, und es wird nichts passieren. Ich werde gehen, und du siehst mich niemals wieder.«

»Du hast deine Familie umgebracht, Holger«, rief Stephanie. »Deine kleinen Mädchen. Was hast du ihnen angetan?« Sie verbarg ihr Gesicht in den Händen.

»Das spielt jetzt keine Rolle. Sie wussten nicht, was

mit mir los ist, aber du weißt es!«

Stephanie nahm die Hände hinunter. »Sie wussten nicht, was mit dir los ist? Natürlich wussten sie es nicht, weil sie nichts damit zu tun hatten. Deine Frau ebenfalls nicht.«

»Dabei war ich mir eben unsicher«, erklärte Holger. »Ich musste sichergehen.«

»Indem du sie tötest?«

»Indem ich sicherstelle, dass sie die Wahrheit sagen. Also ja, und jetzt sag mir, was du weißt. Was hast du gehört? Was stimmt nicht mit mir?«

Stephanie stand auf. Sie ging zur hinteren Küchenzeile und holte ein Glas aus dem oberen Schrank.

»Wenn du Tricks versuchst, werde ich mich wehren«, sagte Holger.

Stephanie schenkte sich Wasser ein und nahm einen Schluck. »I-ich … musste nachdenken, ob ich es dir sage oder nicht. Es hat mich eine Weile gekostet, denn du hast keine Ahnung, womit du es zu tun hast. Keine … verdammte … Ahnung! Und bist du erst einmal eingebunden, gibt es kein Zurück mehr. Jemand hat dich verraten. Jemand, den du kennst. Und er hat sich die grässlichste Waffe dafür ausgesucht, die man finden kann. Dass ich dir das sage ist Verrat. Ich spiele hier mit meinem Leben, also wäre ein wenig Dankbarkeit angebracht, auch wenn du sie nicht fühlst.« Sie nahm noch einen Schluck. »Dummerweise weiß ich, wie es dir geht und fühle deshalb mit dir. Auch wenn du deine Familie ermordet hast.«

Holger sah sie an. »Sprich weiter.«

»Ich rate dir, zu laufen. Lauf, so schnell du kannst. Verlasse diese Stadt, bringe dich in Sicherheit und finde einen Weg, deine Gefühle zurückzubekommen. Es soll Möglichkeiten geben, die fernab meines Wissens liegen. Du musst sie nur finden.«

»Warum sollte ich weglaufen?«

»Damit er dich nicht kriegt.«

»Wer?«

»Karl Master.«

»Wer ist das?«

»Er … ist der Diener der Box.«

»Und was ist eine Box?«

»Die Box ist das, was dich in diese Lage gebracht hat. Die Box hat dir deine Gefühle geraubt, und sie wird sie dir nie zurückgeben. Niemals. Denn sie ernährt sich von den Dingen, die sie nimmt. Ob Augen, Arme, die Fähigkeit zu lieben oder deine Gefühle. Es ist wie Nahrung, die sie aufnimmt und verdaut. So lebt sie weiter und verbreitet Schrecken unter denen, die mit ihr zu tun haben.«

»Und dieser Karl Master hat mir meine Gefühle genommen?«

»Ja, aber er war nicht allein.«

»Es war noch jemand bei ihm«, sagte Holger. »I-ich habe zwei Personen gesehen: in meinem Kopf. Immer zwei. Eine Frau und ein Mann.«

»Diese Frau war nicht deine Frau und nicht eine deiner Töchter«, sagte Stephanie.

»Nein, du hast recht. Sie haben es mir gesagt, aber ich musste sichergehen. Es war keiner von ihnen, es war sie. Clara Sarker. Sie war es.«

»Wer denn sonst?«, rief Stephanie.

Holger trat ans Fenster, sah hinaus. »Sie hat mir das angetan.«

Stephanie schluchzte.

»Dann wird sie diejenige sein, die mich von diesem Fluch befreien kann. Immerhin hat sie ihn über mich verhängt.«

»Nein!«, rief Stephanie. »Sie ist nur der Auftraggeber. Karl ist verantwortlich. Er hat dich zu der Box gebracht.«

»Und wo ist dieser Karl?«

Stephanie senkte den Kopf. »I-ich weiß es nicht. Er hat einen Laden in der Stadt, aber er wird nicht dort sein. Karl hat keinen festen Wohnsitz.«

»Wo ist dieser Laden?«, fragte Holger.

»Es ist ein Antiquariat, am Gallusplatz. In einer der Gassen. Aber er wird nicht dort sein!« Stephanie hob die Arme. »Bitte, Holger. Er wird nicht dort sein.«

»Das werden wir sehen. Im Zweifel weiß ich, wer mir bei der Suche helfen wird.« Er eilte am Tisch vorbei aus der Küche.

»Wo willst du jetzt hin?«, fragte Stephanie.

Holger verharrte, starrte auf seine Füße. Ruckartig hob er den Kopf und sah sie an. »Ich … habe gerade einen Einfall.«

Stephanie hielt den Atem an.

»Weißt du, was in mir vorgeht?«, raunte Holger.

»Nichts ... Ich fühle nichts. Nichts, als meine Magda mit dem Kopf gegen den Ofen geschlagen ist, sodass es knackte und ich dachte, ein Ast wäre zerbrochen. Nichts, als ich den Kopf meiner Tochter in den Händen hielt, während ihr Körper zu meinen Füßen lag und ihre Schwester zugesehen hat, wie ich ihn wegwarf und mich ihr zuwandte. Nichts. Es ist ... schrecklich. Nichts zu fühlen ist, als würde man nicht existieren. Als wäre alles Leben aus einem gerissen und verbannt. Weder Wasser noch Luft, noch Erde. Wenn ich gehe, spüre ich den Grund nicht. Nicht einmal Kleidung auf meiner Haut. Keine Schmerzen und kein Trauern. Ich trage Sachen ...«, er zeigte auf sich, »weil ich mir denke, dass ich es früher getan habe, aber ich müsste es nicht tun. Ich fühle keine Scham. Und auch keine Angst. Nur eine Sache ist da. Kreisend, wie ein Vogel in meinem Kopf: Der Wunsch, meine Gefühle zurückzubekommen.« Er streckte die Hand aus. Stephanie zitterte.

»Es ist ein Fluch, aber auch ein Segen, wenn ich bedenke, was ich tun werde. Mir gehen so viele Gedanken durch den Kopf. Einer schlimmer als der andere, und keine Gefühle sind da, um mich zu hindern, Stephanie. Ich kann es einfach tun. Letztlich ...« Er kam näher, »möchte ich dahin zurück. Zurück zu meinem alten Leben mit Gefühlen und Empfindungen. Und niemand wird mich aufhalten. Auch du nicht.« Er lächelte. »Ich weiß, dass du mich nicht gehen lassen wirst. Du hast Angst. Ich kann es sehen, und diese Angst wird dich verleiten, Dinge zu tun, die nicht gut sind. Du wirst die Polizei rufen, und das kann ich nicht zulassen.«

»Nein!«, rief Stephanie. »Ich werde niemanden rufen.«

Holger legte den Kopf schräg. »Doch das wirst du.«

Stephanie rannte an dem Tisch vorbei ... schrie, schwang die Arme und landete auf dem Boden. Sie keuchte.

Holger trat neben sie, schüttelte den Kopf. »Das war nicht freundlich.«

Er sah sich um. Stephanie packte sein Bein und schlug ihm gegen das Knie. Holger schüttelte sein Bein aus. Dann rammte er ihr einen Schuh gegen die Nase. Es knackte. Blut tropfte Stephanie über die Lippen. Sie ließ von ihm ab und ihre Lider flackerten.

Holger packte den nächsten Stuhl, holte aus und rammte ihn auf den Boden, sodass die Beine absprangen. Dann baute er sich über Stephanie auf und hob die Sitzfläche.

Stephanie riss die Augen auf.

Holger presste die Sitzfläche hinunter ... hob ihn hoch, drückte ihn hinunter. Und wieder und wieder ...

Clara Sarker

Clara hob das Glas zum Mund, als es an der Tür klingelte.

»Huch.« Sie senkte das Glas. Wer konnte das wieder sein?

Sie ging in den Eingangsbereich und aktivierte die Sprechanlage. »Wer ist da?«

»Eine alte Freundin.«

Was? Clara machte große Augen. Das … Sie öffnete das Haupttor über einen Knopf.

War das wirklich möglich?

Sie schritt vor die Haustür und wartete. Kurz darauf war das Brausen eines Autos zu hören, bevor es verstummte. Eine Wagentür ging auf, zu … Schritte.

Clara öffnete die Tür. Vor ihr stand Petunia. Die alte, kleine Frau, die das Frauentreffen in der Schule leitete. Auf dem Hof hinter ihr stand ein winziger Opel Kadett in gelber Farbe.

Petunia streckte ihr die behandschuhte Hand hin. Sie trug ihr bleifarbenes Kopftuch, das den Großteil ihrer matten Haare verbarg. An ihrer Nasenspitze hatte sich ein Tropfen gesammelt.

»Petunia … komm doch rein?« Clara drückte ihre Hand.

»Ich bin nur auf dem Sprung«, sagte sie.

»Okay, was führt dich zu mir? Ein neues Treffen?«

»Ich bin gekommen, weil mir etwas auf der Seele brennt«, begann die alte Frau. »Ich würde es nicht sagen, wenn es nicht wichtig wäre, aber die letzten Tage drehe ich mich ständig im Schlaf, und das war nie ein gutes Zeichen. Ich habe den Eindruck, ich muss etwas richtigstellen, das ich verbockt habe.«

Clara verschränkte die Arme vor der Brust. »Und was?«

»Es geht um das letzte Treffen, du erinnerst dich noch, oder? Am Ende habe ich dich zu mir genommen und dir etwas gesagt.«

Clara nickte.

»Ich habe dir indirekt zu verstehen gegeben, dass es sinnvoll wäre, deinen Schmerz zu lindern, indem du für Gerechtigkeit sorgst. Mitunter kann man darunter verstehen, dass du deine eigene Rache organisieren sollst.« Sie senkte den Kopf. »I-ich habe das gar nicht so gemeint.«

Clara hob die Brauen.

»Es ist vielmehr aus mir herausgekommen, da so vieles passiert ist. Du hast mir so schrecklich leidgetan, und ich wusste nicht, was ich sagen sollte. Es ist meine Schuld, und ich wollte dir nicht Dinge einreden, die nicht gut sind.«

»Aber ...«

»Moment!« Petunia reckte einen Finger. »Es war falsch von mir, dir so etwas zu sagen. Gerade von mir, wo ich doch die Verantwortung für euch bei dem Treffen habe. Es ging immer darum, zu helfen, aber auf eine Weise, die die Teilnehmer weiterbringt und sie nicht abgleiten lässt. Was er dir angetan hat, ist schrecklich, aber das darf nicht der Grund sein, kriminell zu werden und etwas Unüberlegtes zu tun. Vielleicht ... vielleicht beruhigt es das Gewissen, aber nur für kurze Zeit. Wer weiß, wie lange das Pflaster hält, das man mit Blut anbringt.« Sie betrachtete Clara leidvoll.

»I-ich verstehe.«

Petunia reichte ihr die Hand. Clara ergriff sie zögerlich.

»Ich würde mich freuen, wenn du trotzdem zum nächsten Treffen erscheinen würdest. Es findet in drei Tagen am selben Ort statt. Offenbar sollen diesmal ein paar mehr da sein, da sie von der großen Autorin gehört haben. Frauen sind einfach Labertaschen.« Sie zwinkerte ihr zu, wandte sich ab.

Clara sah ihr nach. Petunia stieg in ihr Auto und fuhr davon. Hinter ihr schloss sich das Haupttor wieder.

Clara machte die Tür zu. Die Kälte blieb draußen. Langsam schritt sie zurück in die Küche.

Rache ist nicht gut, hatte Petunia gemeint. *Wer weiß, wie lange das Pflaster hält, das man mit Blut anbringt.*

Clara musste an den Friedhof denken. An die Box und Holger. Sie hatte sich gerächt – nicht wegen Petunia, aber ihre aufmunternden Worte hatten diesen Schritt auch nicht verhindert. Die Tat war jetzt vollbracht … es gab keine Umkehr mehr. Außerdem war kein Blut geflossen.

Auf der anderen Seite hatte Kai in ihrem Traum gesagt, dass sie selbst bestimmen müsse, was richtig sei.

Die Botschaft war wichtig! *Sie* entschied, was richtig war, und wenn sie normal lebte, hatte sie auch die Chance, ihre Tat zu begreifen.

Clara schrieb auf einen Zettel in der Küche:
Etwas kochen, vielleicht Kuchen backen.
Hemd aussuchen.
18 Uhr Party bei Sarkers.

Karl Master

Was für eine seltsame Situation, dachte Karl, als er vor ihrer Wohnungstür ankam. Natürlich war sie verschlossen.

Er zog eine schmale Schatulle aus der Mantelinnentasche und klappte sie auf. Darin befand sich ein grünlich schimmernder Käfer. Er war aus Metall und erwachte zum Leben, als er ihn berührte. Die Fühler streckten sich, ein leises Zischen erklang. »Husch, husch … Flieg und mach die Tür auf, damit ich rein kann.« Der Käfer breitete die Flügel aus und sauste aus der Schatulle. Durch das Schlüsselloch flog er hindurch und … Ein Klicken war zu hören. Karl steckte die Schatulle weg. Der Käfer würde nicht wiederkommen. Er war wie eine Biene. Einmal stechen und dann sterben. Es knallte und grüner Staub entwich aus dem Türschloss.

Karl betätigte die Klinke, trat ein.

Drinnen hing der Geruch von Blut in der Luft. Er schloss die Tür hinter sich und ging durch den Flur in die Küche. Dort lag jemand auf dem Boden.

Stephanie.

Karl strich mit einem Finger über den Türrahmen. Stephanie rührte sich nicht.

Ob sie tot war?

Das wäre nicht gut für den Meister.

Er trat um den Tisch auf sie zu. Auf dem Boden lagen Splitter von Holz. Ein Stuhlsitz lag in der Nähe, der in der Mitte gebrochen war.

Stephanie sah nicht gut aus. Ihre Augen waren von

Blut bedeckt. Es quoll aus ihrem Schädel und beschmierte ihre Haare, färbte die Nase und die Wangen. Ihr Hals war befleckt. Die Finger verbogen. Ihr Kiefer schien ausgerenkt.

Karl beugte sich hinunter und berührte sie an der Stirn. Hm … Viel war da nicht mehr. Aber etwas. Das schwache Lodern einer ausgehenden Flamme. Ein kleiner Raum ohne Fenster. Umringt von einer dunklen Macht, die sich gegen die Wände drückte und ihn allmählich kleiner machte. Luft war knapp, Licht war knapp. Dort saß Stephanie und starrte auf das Feuer. Sie wippte vor und zurück. Schatten zeichneten ihre Bewegungen nach.

Wenn das Feuer ausging, würde der Raum verschwinden … Zusammen mit ihr. Für immer.

Das durfte nicht passieren.

Er musste sie aus dieser Starre herausholen, bevor …

Holger Retzer

Der Laden lag etwas versteckt. Holger musterte das Schild, das an der weißen Tür angebracht war: *Vorübergehend geschlossen. Urlaub.* Ungewöhnlich, da alle anderen Geschäfte offen hatten.

Holger zog seine Jacke fester.

Wenn der Laden nicht offen hatte, schien Karl nicht da zu sein, aber … Holger schritt zurück, holte aus und trat gegen die Tür. Es knackte, als der Verschluss brach und die Tür nach innen aufging.

Holger trat ein.

Karl Master

Karl hob den Kopf. »Oh, ein Kunde.« Er lächelte. Das musste Holger sein, der den Laden gefunden hatte. Karl schüttelte den Kopf. Dort würde Holger nichts finden. Die Antworten lagen woanders. Er berührte Stephanie an der Stirn. Sie saß immer noch in dem Raum mit dem Feuer. Es war jetzt deutlich schwächer geworden und drohte auszugehen. Stephanie schien das nicht zu kümmern.

Hm ... Wenn das Feuer endete, gab es nur einen Weg: Es wieder zu entfachen.

Er tippte ihr auf die Schulter. Sie fuhr herum, sah ihn mit großen Augen an. »Aufwachen, mein Kind«, sagte Karl und schüttete einen gewaltigen Kübel Öl in die Flammen. Das Feuer explodierte. Helles Licht flutete den Raum ...

Stephanie riss die Augen auf, hustete.

Karl nahm die Hand zurück. »Willkommen zurück, Stephanie.«

Stephanie erstarrte.

Karl stand auf. »Wir haben viel zu besprechen, du und ich. Und nicht alles davon ist gut.«

Stephanie stieß sich ab und rutschte gegen die nahe Fensterscheibe, die bis zum Boden reichte.

Sie schrie ...

Holger Retzer

Mit der Tür flogen Lichtfetzen in den Raum. Es war staubig. Der Geruch von Weihrauch lag in der Luft.

Holger sah sich um. Überall standen Gegenstände in Vitrinen, Regalen, Schränken. In drehbaren Holzhaltern. Figuren, Statuen, Schmuck, Bücher, Vasen, Teppiche, Töpfe, Körbe. Alles Mögliche.

Vorn befand sich ein Tresen.

Holger trat an den Tresen und betätigte die Klingel. *DONG.*

»Hallo?«

Er umrundete den Tresen, sah sich um. Durch einen Vorhang kam er in einen zweiten Bereich. Licht kam ihm entgegen. Der Raum war länglich und beladen mit Müll. Zwei Sessel standen eng beieinander. Auch sie waren verlassen.

Eine schmale Wendeltreppe führte nach oben.

Holger lief los und folgte den Stufen hinauf.

Oben befand sich ein dritter Raum, der mit Fenstern versehen war und einen Ausblick über die Stadt ermöglichte. Ein Kamin war benutzt. Asche und Holzreste lagen in der Nische.

Ein Tisch befand sich in der Nähe der Treppe. Darauf eine halbvolle Wasserschale.

Vor dem Kamin stand ein Stuhl.

Karl, dachte Holger. Er war hier gewesen, aber jetzt nicht mehr. Die Wohnung wirkte, als hätte seit Ewigkeiten niemand mehr hier gewohnt.

Holger setzte sich auf den Stuhl und starrte auf den Kamin. Von draußen war das dumpfe Rufen der

Menschen zu hören.

Karl war nicht mehr hier, also musste er umdenken. Und jetzt gab es doch nur noch eine Person, die wissen konnte, wo er war: Clara Sarker.

Sie würde ihm seine Gefühle zurückgeben können.

Clara Sarker

Clara packte den Erdbeerkuchen ein, den sie gemacht hatte, und ging aus dem Haus.

In der Garage roch es nach Benzin und Abgasen.

Clara legte den Kuchen auf den Beifahrersitz ihres Wagens und ging auf die andere Seite.

Sie setzte sich, schloss die Tür und drückte den Knopf für das Garagentor. Dann fuhr sie los, aus der Einfahrt auf die Straße und weiter.

Nach zwanzig Minuten war sie da. Vor dem Haus ihrer Eltern parkte sie und stieg aus. Es befand sich am östlichen Rand der Stadt, innerhalb einer Straße, die am Ende in ein Feld überging. Das Haus war nicht so groß wie ihres, dafür war der Garten, um den Galli sich kümmerte, blühend.

Aus dem Haus drang Musik.

Sie holte den Kuchen von dem Beifahrersitz und schritt dann vor die Haustür. Dort klingelte sie. Die Musik lief weiter. Irgendeine Rocknummer aus den 80ern.

Schritte.

Jemand schien zu kommen.

Die Tür ging auf und Betti erschien. Als sie Clara erblickte, strahlte sie. »Clara!« Sie schloss sie in eine feste Umarmung.

Clara balancierte den Kuchen.

»Ich freue mich so, dass du doch gekommen bist.«

»Ja, ich habe gedacht, es wäre nicht schlecht.«

»Natürlich ist es das. Es sind fast alle da. Die Musik läuft, es gibt jede Menge zu essen. Die Laune ist gut.

Du wirst einen tollen Abend haben.«

Clara trat ein und reichte Betti den Kuchen. »Das hoffe ich doch.« Sie zog die Jacke aus.

Hinter ihr fiel die Tür zu. Drinnen war es warm. Der Eingangsbereich war etwa so groß wie ihrer. Der Kleiderständer rechts war haltlos überladen.

Clara faltete ihre Jacke zusammen und verstaute sie in einer Ecke, etwas abseits des Ständers. Dann streifte sie die Schuhe ab. Jetzt war sie bereit.

Betti hakte sich bei ihr unter. Sie war leichter bekleidet, trug ein graues Top, das ihren Ausschnitt betonte und eine dunkle, enge Jeans. Ihre Füße steckten in hohen Schuhen.

Gemeinsam schritten sie durch eine weitere Tür, in einen kurzen Flur und betraten den Wohnbereich. In der Küche links brannte Licht. Davor war eine Tanzfläche errichtet, die zahlreiche Gäste benutzten. Clara sah auf ihre Uhr. Es war kurz nach sechs und sie war pünktlich erschienen.

Betti zog sie an den tanzenden Gästen vorbei in die Küche. Neben ihren Tanten, Onkeln und Cousins waren Dutzende jüngere Menschen dabei. Offenbar Freunde ihrer Schwester.

In der Küche stand ein großer Tisch aus schwarzem Stein, auf dem Essen und Getränke abgestellt waren.

Paul und Galli standen beisammen und unterhielten sich mit Rüdiger – Gallis Bruder. Paul war festlich gekleidet, in Anzug und Krawatte. Galli hatte ihre Haare hochgesteckt und neue Ohrringe angelegt. Ihr Kleid glitzerte.

Als sie näherkamen, bemerkte Paul Clara als Erster. Er stellte sein Sektglas ab und öffnete die Arme. »Na sieh mal einer an, wenn das nicht meine Lieblingstochter ist.« Er zwinkerte Betti zu, die die Augen verdrehte.

An Clara gewandt flüsterte er: »Da ist mehr dran, als du ahnst. Betti hat mir kurz vor der Eröffnung der Party gesagt, dass sie die Rechnungen für den Lieferservice nicht begleichen kann und mich gebeten, das Geld auszulegen … Ich weiß schon, wie das endet. Am Ende bleibe ich auf allem sitzen.«

Betti füllte zwei Gläser mit Sekt und reichte Clara eines. Galli kam zu ihr. »Willkommen, Clara. Ich bin froh, dass du da bist.« Sie umarmten sich schnell. Clara nickte. Die Sache mit dem Psychologen war zwar noch nicht vergessen, aber gerade auch nicht wichtig.

Sie begrüßte Rüdiger und nahm einen Schluck Sekt. Betti verschwand, als jemand nach ihr rief. Nach einer Weile verließ Clara die Küche Richtung Tanzfläche. Vielleicht hatte ja jemand hier ihre Bücher gelesen?

Holger Retzer

Diesmal lief es besser. Holger ließ das Haupttor hinter sich und lief zu dem großen Haus hinauf.

Das Haus war dunkel. Aus der Nähe war ein Rauschen zu hören. Holger rüttelte an der Klinke, aber die Tür war abgeschlossen.

Er klingelte mehrmals, aber niemand machte auf.

Hm … Entweder sie war nicht im Haus oder sie schlief.

Er packte einen Stein neben der Garage, und stellte sich vor die Fensterreihen des Wohnzimmers. Es wäre zu einfach, dachte er.

Er warf den Stein. BRAAAASCH! Die Scheibe zerplatzte.

Holger betrat das Wohnzimmer. Es war dunkel. Der Fernseher war ausgeschaltet.

In der Küche blinkten Lichter. Ob vom Kühlschrank oder von anderen Geräten.

Langsam ging Holger zu der Küche. Auf dem Tresen lag ein Stift und ein Stück Papier. Darauf stand:

Etwas kochen, vielleicht Kuchen backen.

Hemd aussuchen.

18 Uhr Party bei Sarkers.

Ahhh … Er blickte auf seine Armbanduhr. Es war kurz nach sechs und die Party würde bereits laufen. Dann war sie also dort.

Er lächelte.

Clara Sarker

Clara verließ die Tanzfläche und ließ sich in einen Stuhl fallen. Wow … Ihr Puls raste.

Galli bewegte sich kontrolliert, die Arme erhoben. Paul vollführte seinen persönlichen Schwingtanz, bei dem er die Hüfte kreisen ließ und die Arme wie Pfeile abwechselnd nach vorn streckte.

Betti tanzte mit jemandem in ihrem Alter, der ziemlich gut aussah. Clara betrachtete ihn. Kurze Haare, geschmeidiges Gesicht, blaue Augen und einen Plastikbecher in der Hand, den er beim Tanzen mitschwang. Das Hemd hing ihm aus der Hose.

Offenbar wollte Betti etwas von ihm.

Clara hustete. Ihre Kehle war trocken.

Jemand tippte ihr auf die Schulter. Sie blickte auf und erkannte Gustav, den Bruder ihres Vaters. Ihren zweiten Onkel. Er setzte sich neben sie und reichte ihr ein Glas Wasser.

»Wo kommt das denn her?« Sie nahm das Glas entgegen.

»Aus der Küche.« Gustav lächelte. »Ich habe gesehen, dass du es brauchst.«

Clara trank das Glas aus und stellte es auf den Tisch. Gustav trug einen Kinnbart, der sich mit seinen Koteletten verband. Die kleine Brille auf der Nase machte seine Augen schmaler.

»Lange nicht gesehen.« Sie zwinkerte ihm zu.

Gustav nickte. »Stimmt.«

Clara zog ihn am Arm. »Komm mal mit, ich muss mit dir sprechen.«

Gustav erhob sich und folgte ihr an der Tanzfläche vorbei die Stufen hinauf in den ersten Stock. Hier war es leiser.

Clara führte ihn durch mehrere Türen in eines der Gästebäder und machte die Tür zu. Stille hüllte sie ein.

»Interessant, hier war ich noch nie«, sagte Gustav. Er lehnte sich gegen die Wand.

Clara setzte sich auf die geschlossene Toilette. »Hast du etwas von Durandi gehört?«

»Meine Schwester? Warum fragst du?«

»Es wäre mir wichtig, falls du das meinst. Sie ist mir die letzten Tage aufgefallen und ich mache mir Sorgen.«

»Hm ... lass mich mal nachdenken.«

Sie schwiegen. Von draußen waren Schritte zu hören. Clara blickte aus dem Fenster, aber da war nichts zu sehen. Die Scheibe reflektierte das Licht.

»Das letzte Mal habe ich vor einer Woche mit ihr geredet. Da hat sie einen normalen Eindruck gemacht. Also ... so wie sie eben ist. Etwas aufgedreht, sehr eingenommen. So war sie immer schon. Ich habe gefragt, was sie so macht und sie meinte, dass etwas Großes bei ihr anstehe. Mehr nicht.«

»Hat sie das konkretisiert?«

Gustav schüttelte den Kopf.

Clara musterte ihre Finger. »Ich denke, dass sie sich vielleicht was antun könnte.«

Gustav prustete los. »Was? Durandi? Die doch nicht. Erstens ist sie so alt, dass es sich nicht mehr lohnen würde, und zweitens ist sie dafür viel zu selbstverliebt. Auf diese Idee würde sie niemals kommen.«

Hm … Ob sie Gustav von Durandis Besuch erzählen sollte?

»Warum ist sie heute nicht hier?«, fragte Clara.

Gustav zuckte die Achseln. »Ich weiß es nicht. Ich habe überlegt, ob ich sie fragen soll, aber es gelassen. Sie hätte sich schon gemeldet, wenn sie gewollt hätte. Durandi macht ihr eigenes Ding. Das hat sie immer schon gemacht, außer als sie mit diesem Trottel zusammen war. Wie hieß er nochmal?«

»Hugo.«

»Genau. Seitdem hat sie sich verändert, und ich dachte immer, zum Positiven.«

»Okay. Ich danke dir für die Antworten.« Clara nickte.

»Ich melde mich morgen mal bei ihr. Wenn ich etwas herausfinde, gebe ich es an dich weiter.«

»Das ist nett.« Clara stand auf »Und wie geht es deiner Frau? Hat sie immer noch die Sache mit den roten … äh … Pusteln?«

Holger Retzer

Holger fuhr mit seinem Auto vor das Haus der Sarkers und hielt an. Licht drang durch die zahlreichen Fenster hinaus. Musik war zu hören.

Er fuhr weiter, bis er den Feldweg erreichte. Dort parkte er und stieg aus.

Die Silhouetten von Bäumen waren in der Ferne erkennbar.

Er öffnete die hintere Wagentür und holte die Kettensäge heraus, die er aus Claras Garage entwendet hatte. Dann ging er los, zum Haus ihrer Eltern.

Die Adresse hatte er bei Clara gefunden. In ihrem Büro in einer Adressbox, die sie in der zweiten Schreibtischschublade gelagert hatte.

Holger schritt durch das angelehnte Gartentor und die Stufen hinauf zur Tür. Aus dem Haus drangen Musikgeräusche und Stimmen. Offenbar waren viele Gäste gekommen.

Er drückte gegen die Tür und ... sie ging auf. Scheinbar hatte jemand vergessen, sie abzuschließen.

Er trat hinein und machte sie hinter sich zu.

Die Treppe geradeaus führte wohl in den Keller hinunter. Bisher war noch niemand aufgetaucht.

Holger stellte sich vor die seitliche Kommode und öffnete die Fächer. In einer befanden sich Sonnenbrillen, in der anderen Schuheinlagen. In der dritten, am Rand, befanden sich Schlüssel. Er wühlte in ihnen herum und nahm einen heraus.

Den Schlüssel steckte er in die Haustür und drehte

ihn um. Es klickte. Holger lächelte. Er brach den Schlüssel ab und warf den Rest weg. Dann schritt er zu der Treppe in den Keller. Von dort waren Stimmen zu hören.

Ob Clara da war?

Unten tauchten Türen auf. Hinter einer waren Geräusche zu hören.

Plötzlich ging eine Tür auf. Holger starrte einer Frau mit hochgesteckten Haaren und kleinen Ohrringen ins Gesicht. Ihr Kleid strahlte im Schein der Deckenleuchten.

Das war doch … Gilli oder Gulli, die Mutter von Clara. Sie war bei der Gerichtsverhandlung gewesen und hatte ihre Tochter getröstet. Die Frau nuschelte etwas Unverständliches. Dann wandte sie sich ab und stieg die Stufen hinauf. Holger sah ihr nach. Scheinbar war sie betrunken.

Er ging weiter, vor die nächste Tür. Klopfte.

»Verdammt.« Eine Frau. Schritte. Die Tür ging auf. »Was?« Ihre braunen Haare wippten ihr um das Kinn. Sie trug nur ein Höschen und ihr Oberteil. Der Rest lag auf dem Bett, zusammen mit ihrer Begleitung. Er lag unter der Decke. »Wer ist denn da?«

Holger sah die Frau an. Sie wich zurück. Panik trat in ihr Gesicht.

Holger hob die Kettensäge und zog den Seilzug. Ein ohrenbetäubender Knall erfüllte den Raum, als sie ansprang. Das Kettenblatt rauschte.

Holger machte die Tür zu und trat der Frau entgegen. Sie schrie.

Ein Buch traf ihn am Hinterkopf.

Holger drehte sich um. Der Typ stand hinter ihm. Nackt.

Unentschlossen starrte er auf die Säge. Holger schwang die Säge. Der Typ wich aus und das Kettenblatt traf ihn an der Schulter. Blut spritzte an die hintere Wand. Er schrie, fiel hin. Wimmerte.

Holger trat über ihn. »Wo ist Clara Sarker?«

Der Typ schüttelte den Kopf. »Ich weiß es nicht …«

»Falsche Antwort.« Holger bohrte ihm die Säge in den Bauch, bis der Glanz seiner Augen erlosch und Blut sein Gesicht bedeckte. Dann wandte er sich zu der Frau. Sie schrie, versuchte, nach ihm zu schlagen. Holger trennte ihren rechten Arm mit der Säge ab.

»Wo ist sie?«

Die Frau spuckte Blut.

Holger sägte ihr den Kopf ab. Dann verließ er den Raum.

Irgendwo würde Clara schon sein.

Clara Sarker

»Hast du das gehört?« Clara blieb stehen. Gustav trat hinter sie. Sie standen im dunklen Flur, im ersten Stock, der zwei Räume miteinander verband. Bilder hingen hier an den Wänden. Durch drei Fenster fiel Mondlicht herein. Plötzlich ging die Musik aus.

»Huch.« Clara legte sich eine Hand auf die Brust. Schreie waren zu hören.

Instinktiv rannte sie zu der nahen Treppe. Gustav folgte. »Was war das?«, fragte er.

»Leise.« Clara beugte sich die Stufen hinunter. Da war ein Knattern in der Luft, als … als würde eine Kettensäge laufen.

Bäuchlings rückte sie die Stufen hinunter. Dann war der Wohnbereich zu sehen.

Die Tanzfläche war leer, die Menschen verschwunden.

Bis auf die glühenden Lampen schien die Party beendet zu sein.

Was war hier passiert?

»Ich glaube es nicht«, sagte Clara leise.

»Was denn? Ist jemand gestorben?«

»I-ich weiß nicht, aber alle sind weg.«

»Wie weg?«

Das Knattern. Es schien aus der anderen Hälfte des Hauses zu kommen. Dann Schreie von Menschen. Eine Frau rief um Hilfe.

»Oh Gott.« Clara zog sich zurück. »Wir müssen die Polizei rufen.«

»Was?« Gustav sah sie fassungslos an. »Warum das

denn?«

Clara fischte ihr Handy aus der Hosentasche, wählte die Nummer der Polizei und hielt es sich ans Ohr.

»Hallo, polizeiliche Dienststelle?«

»Ich muss einen Einbruch melden.«

»Wo?«

Clara nannte die Adresse. »J-jemand ist im Haus … es hört sich nicht gut an. Irgendwas passiert hier.«

»Okay, beruhigen Sie sich und sagen Sie mir, was Sie wissen. Haben Sie den Einbrecher gesehen?«

»Nein.«

»Ist jemand verletzt worden?«

Schreie in der Ferne, das Knattern der Motorsäge. »I-ich weiß es nicht.«

»Okay, ich schicke jemanden hin, der wird sich das ansehen. Verstecken Sie sich und warten Sie, bis wir da sind.«

»Okay.«

Sie legte auf. Gustav schüttelte den Kopf. »Kannst du mir mal erklären, was das sollte?«

Clara kaute auf ihrer Unterlippe herum.

Verstecken, dachte sie. Bis die Polizei kam … Das sollte möglich sein. Aber ihre Familie … *Die Familie.* Sie riss die Augen auf. Wo waren Paul und Galli und Betti?

Sie sah zu Gustav.

»Was denn?«

»Die anderen«, rief Clara. »Wir müssen sie suchen.«

»Was?«

»Es ist jemand im Haus, Gustav. Merkst du das nicht?

Das Knattern muss von einer Säge stammen.«

»Einer Säge?« Gustav lauschte. »Es könnte aber auch die Entlüftungsanlage sein. Paul hat erzählt, dass sie kaputt ist und …«

»Nein! Es ist nicht die Anlage. Das würde ich erkennen.«

Sie schlich zurück zu der Treppe. Vorsichtig ging sie hinunter.

Tatsächlich … Die Gäste waren verschwunden, genau wie ihr Vater und die anderen. Wenn ihnen etwas passiert war … Clara holte tief Luft.

Und die Säge? Was war mit dieser Säge?

Auf dem Boden der Tanzfläche lagen Plastikbecher, Girlanden, ein Schal, und klebrige Lachen. Langsam schritt sie hinunter. Gustav folgte.

Unten bog sie um die Ecke zu den Bücherregalen. Die Schreie kamen aus der Nähe. Hoffentlich beeilte sich die Polizei.

Ein Quieken von rechts.

Clara blickte zur Seite, hielt den Atem an. Dort war Blut. Überall Blut. An den Wänden, den Fenstern, den Möbeln …

Karl Master

Karl zündete die Zigarette an und nahm einen Zug. Er lauschte dem Knattern einer Säge, das aus dem Haus drang. Manchmal klar, manchmal entfernter.

Langsam überschritt er die Straße und setzte sich auf den Mauerverlauf, der das Haus der Sarkers umgab. Es war kalt.

Bestimmt hatte jemand schon die Polizei gerufen. Sicherlich … Er lächelte.

Aber noch durfte niemand in das Haus gelangen. Jetzt kam es erst auf Clara und Holger an.

Clara Sarker

Clara sank auf die Knie, schluchzte. Zitternd berührte sie die Stirn einer jungen Frau mit offenem Hals. Aus der Wunde blubberte Blut. Ihre Augen zuckten. Die Frau würgte, dann erschlaffte sie.

Gustav lief weiß an. Er berührte sie an der Schulter. »Wir müssen hier weg. Bitte, Clara, wer auch immer im Haus ist, er bringt alle um. Wir dürfen nicht bleiben.«

»Lass mich kurz.« Sie wischte sich die Tränen aus dem Gesicht.

Als sie aufstand, schwankte sie leicht, aber Gustav half ihr.

»Wo sind sie?«, fragte Clara.

»Wer?«

»Die Leichen?« Sie deutete auf das Blut. In der Ecke, wo Paul einen CD-Spieler aufgebaut hatte, schwamm alles voller Blut.

»Clara.« Gustav sah sich um. »Wir müssen hier weg.«

Schreie. Näher als vorhin. Es krachte, als die hintere Tür aufsprang und eine Frau in den Wohnbereich stolperte. Sie fiel hin und landete auf dem Gesicht.

Clara eilte zu ihr und drehte sie um. Sie war jung, offenbar eine von Bettis Freundinnen.

»W-was … ist hier passiert?«, fragte Clara.

Die Frau atmete heftig. Ihre Augen funkelten. »Er ist gekommen«, rief sie stockend.

»Wer?«

»Ein Mörder.« Sie versuchte, sich aufzurichten. Ihre Bluse war an einer Seite zerrissen. »Er ist HIER!« Sie sprang auf die Füße und humpelte davon.

Clara erhob sich. Das Knattern der Säge war wieder zu hören.

Sie drehte sich um und winkte Gustav. »Wir müssen weg! Schnell.« Keuchend rannte sie zu der Treppe. Gustav folgte.

Irgendwo ging eine weitere Tür auf. Das Knattern war jetzt ganz nahe.

Holger Retzer

Holger wischte sich über die Augen. Sein Gesicht war mit Blut bedeckt. Die Säge lief.

Mitten im Wohnbereich blieb er stehen, sah sich um. Clara war hier gewesen … er hatte ihre Stimme gehört.

Aus den Augenwinkeln erkannte er eine Gestalt. Ihre Füße ragten hinter einem Sessel hervor.

Langsam schritt er zu der Frau, die auf dem Boden lag. Ihre Augen waren trüb … sie war tot. Holger packte ihr rechtes Bein, zog. Er zerrte sie durch den Wohnbereich zur Tür, die auf den Flur führte.

Dann traf ihn etwas im Nacken. Holger ließ das Bein los, genau wie die Säge. Er drehte sich um.

BUUM!

Etwas traf ihn an der Hüfte, Bauch … an der Brust, am Hals.

»Stirb endlich. Du sollst sterben, du Mistkerl!«

Holger sah rote Flecken. Etwas traf ihn an der Nase.

Ruckartig griff er in die Luft, bekam einen Arm zu fassen.

»Na warte!«, schrie die Stimme. Sie war nicht allein. Etwas traf ihn im Gesicht, der Brust.

Er ließ den Arm los und sank auf den Boden. Wo war die Säge?

Seine Sicht wurde klarer. Ein Paar Schuhe erschien, dann …

»Los, das Messer! Das MESSER!«, brüllte die Stimme.

Holger packte den Fuß. Die Person schrie. Holger sah hinauf.

276

Der fremde Mann starrte ihn an und versuchte, sich loszureißen.

Holger stemmte sich in die Höhe und schlug ihm eine Faust ins Gesicht. Die Brille des Mannes brach und Blut platzte ihm aus den Augen. Er stöhnte, lief im Kreis.

Holger fuhr herum und ... ein Messer traf ihn im Bauch. Paul, Claras Vater, zog die Hand zurück.

Holger lächelte. Er griff zu, packte Paul am Hals. Paul bekam einen roten Schädel, würgte. Seine Lider zuckten.

Holger zog das Messer aus seinem Bauch und zielte auf Paul Brust.

»Nein!«, brüllte jemand.

Holger drehte sich um und sah Gulli oder Gilli. Ihr Kleid war zerrissen, die Haare verwirrt und ein Ohrring fehlte. Sie hielt eine Stahlstange umklammert. Krächzend schwang sie die Stange, aber Holger schlug sie beiseite. »Verschwinde, du dumme Kuh!«

Etwas an seiner Hand ... Paul befreite sich aus seiner Umklammerung.

Dann eben so ...

Er schwang das Messer und traf Gulli oder Gilli an der Schulter. Sie schrie und segelte zu Boden. ´

Paul hob eine Hand. »GALLI!«

»Ich mache euch beide kalt, wenn ihr mir nicht sagt, wo Clara ist!«

Clara Sarker

»Moment!« Clara hielt an, lauschte. Etwas war passiert. Die Kettensäge war ausgegangen und die Schreie hatten sich verstärkt. Zwei Männer und eine Frau, dachte Clara. Sie waren unten, und sie schienen den Attentäter angegriffen zu haben.

Gustav trat vor sie. »Was tust du denn? Wir müssen hier weg, sonst spießt er uns auf wie die anderen. Willst du sterben, Clara?«

Clara schüttelte den Kopf. »I-ich will nicht sterben, ich will meine Familie.«

»Ich weiß nicht, wo sie sind. Die Polizei wird sie finden, und wenn sie noch leben, dann geht es ihnen gut.« Er packte Clara am Arm, aber sie riss sich los. Gustav stampfte auf.

Plötzlich kroch jemand aus den Schatten heraus. Blutüberströmt. Clara hielt den Atem an. Dem jungen Mann fehlten die Beine. Er stöhnte.

»Großer Gott.« Gustav wich zurück.

Clara eilte zu dem jungen Mann. »Wo kommst du her?«, fragte sie. Gerade befanden sie sich im zweiten Wohnzimmer des Hauses, im ersten Stock, abseits der Treppe. Hier befanden sich Tische, ein Fernseher und wenig Fenster.

»Er … war hier. Er hat mir das angetan … Sie sind weg, oder?«

Er wird sterben, denn er hat keine Chance. Wo bleibt nur die verdammte Polizei?

»Wer?«

»Meine Beine.«

»I-ich … du schaffst das schon«, flüsterte Clara. Sie strich ihm über das Gesicht. Etwas musste getan werden, nur was? Unten lief ein kranker Mörder herum und tötete ihre Familie.

»Clara!«

Der fremde Mann packte sie am Arm. »Seien Sie vorsichtig«, sagte er. »Sie müssen achtsam sein, sonst passiert Ihnen etwas Schlimmes.«

Clara kniff die Augen zusammen »Ich bin vorsichtig.«

Er schüttelte den Kopf. »Nein, er ist nicht normal. Er hat übernatürliche Ausdauer. Er … er … ist ein Übermensch.« Das Licht in seinen Augen erlosch.

»Clara!«, brüllte Gustav.

Clara erhob sich. Von unten brüllte jemand: »Galli!«.

Paul.

Clara fuhr herum. Gustav packte sie am Arm. Wütend sah er ihr ins Gesicht. »Dann geh allein, Clara. Geh, verdammt noch mal!« Er ließ sie los, rannte davon.

Clara sah ihm nach. Dann eilte sie zu der Treppe und die Stufen hinunter.

Diesmal war die Tanzfläche nicht mehr verlassen, sie …

»Holger?« Clara wurde übel.

Paul lag auf dem Boden, Galli an eine Tür gelehnt. Ihre Stirn blutete und sie hatte die Augen geschlossen. Ein dritter Mann lief dauernd im Kreis und kreischte etwas Unverständliches.

Holger Retzer

Holger richtete die blutige Messerklinge auf sie. »Da bist du ja endlich.« Er trat auf sie zu. Sie wich zurück.

»Was tust du hier?« Sie klang fassungslos.

»Ich wollte dich sehen, Clara, und ich wusste, dass ich dich hier finde.«

Clara fasste sich an den Kopf. »Was? Ich verstehe nicht … was machst du hier? Bist du wahnsinnig?«

»Nein, nur gezeichnet.« Er legte das Messer auf seinen linken Arm und vollführte einen Schnitt. Blut lief aus der Wunde, tropfte auf den Boden.

Wie bei Durandi!

»Weißt du nicht mehr? Du hast mir das angetan. Leugne es nicht, denn ich weiß Bescheid. Und jetzt wirst du diejenige sein, die das wieder rückgängig macht! Ich habe lange genug gelitten.« Er warf das Messer und traf den im Kreis laufenden Mann am Hals. Er würgte, und fiel auf den Boden.

Rührte sich nicht mehr.

Clara trat zurück. »L-lass meine Eltern in Ruhe. Lass sie in Ruhe!«

»Das hängt von dir ab, Clara. Sag mir, wo ich Karl finde, und dann könnte ich es mir überlegen.« Holger trat auf Pauls Hand. Paul stöhnte.

»NEEEIN! Lass ihn.«

»Wo ist er?«, zischte Holger. »Sag es mir.«

»E-er … er ist in der Stadt. Er hat dort einen Laden. Wenn du was von ihm willst, dann findest du ihn dort. Ein Antiquariat. Ehrlich. Mehr weiß ich nicht.«

»Da war ich bereits und es war niemand da, also

solltest du dir lieber etwas anderes einfallen lassen. Schnell!« Er beugte sich hinunter und packte Pauls Finger. Langsam knickte er sie um.

Paul schrie.

»Also?«

»Ich weiß es nicht!«, brüllte Clara. »Ich weiß nicht, wo er ist. Ich habe keine blasse Ahnung und das ist die Wahrheit. Bitte, Holger … lass ihn in Ruhe!«

Holger sah sie an. Claras Haare waren zerzaust. Ob sie log?

»Ich glaube dir nicht.« Er hob den linken Fuß und drückte ihn Paul auf die Kehle.

Clara Sarker

»NEEEIN!« Sie rannte los, holte aus … schlug ihm gegen den linken Arm.

Holger versuchte sie zu packen.

Clara lief um ihn herum und traf ihn am Nacken, an der Schulter. Erneut schlug sie zu, wieder.

»Er ist nicht normal. Er hat übernatürliche Ausdauer. Er … er … ist ein Übermensch.«

Ein Übermensch, ein Übermensch, ein Übermensch.

Sie wich zurück. Paul stöhnte und versuchte, wegzurutschen. Holger richtete sich auf. Blut lief ihm aus der Wunde in seinem Bauch.

Clara schluckte. Dass war nicht mehr der Holger, der sie im Supermarkt umgerannt hatte. Das war eine andere Persönlichkeit.

Was habe ich getan?

Sie rannte wieder vor, warf sich gegen Holger. »Du Mistkerl!« Sie stieß gegen ihn.

Er verlor den Halt, krachte auf den Boden.

Clara eilte zu Paul und hakte sich bei ihm ein. Entschlossen half sie ihm hoch. Clara keuchte.

Galli war ja auch noch da. Sie lehnte an einer Tür und starrte durch die Gegend, als hätte sie den Teufel gesehen.

Als sie nach ihr rief, reagierte Galli nicht. *Verdammt.* Dann eben zuerst Paul.

Sie schleifte ihn zu der Tür auf den Flur und … Paul rutschte ihr aus den Armen.

Was?

Sie fuhr herum und sah Holger, der Paul am Bein

festhielt. In der anderen Hand hielt er das Messer.

Clara sah zu der Leiche des Fremden, den Holger mit einem Messerwurf getötet hatte. Sie lag unweit des großen Tisches. Das Messer in ihrem Hals fehlte.

Neeein!

»Wo ist er, Clara?« Holger stieß Paul das Messer in den Rücken. Pauls Augen wurden weit und dann erschlaffte er.

Tot!

Clara schrie. Sie sprang vor und packte Holgers linkes Bein. Zog. Mit dem Stumpf boxte sie ihm in den Magen. Holger verlor das Gleichgewicht und stürzte in die Küche. Sie folgte, schlug auf ihn ein, einmal … nochmal … wieder …

Er stemmte sich hoch, trat nach ihr. Clara wich aus und öffnete die nächste Schublade. Schnell griff sie hinein und …

Verdammt.

Ein Löffel.

Holger drehte sich zu ihr. Clara rannte los … sprang! Und Holger auf den Rücken.

Er schlug um sich. »Komm runter, du Schlampe!«

Clara riss den Löffel hoch und rammte ihn hinunter.

Er traf. Haut gab nach.

Holger fiel das Messer aus der Hand.

Clara fiel von seinem Rücken und landete auf dem Hintern. Schrie.

Holger fuhr sich mit den Händen über das Gesicht.

Schnell rappelte sie sich hoch und rannte wieder hinaus.

Draußen packte sie Galli an den Schultern.

»Komm!« Sie zog ihre Mutter hoch. Sie war leichter als Paul.

Gemeinsam rannten sie durch die Tür auf den Flur und dann Richtung Eingangsbereich.

Dort verlor Galli den Halt, fiel.

»Gaaaa ...«

Clara fiel ebenfalls, schlug auf. Blut fegte neben ihr in die Luft.

Mein Gott!

Sie sah sich um. Leichen ... überall Leichen. Leblose Masken.

Schnell stand Clara wieder auf. Es waren alles Gäste der Feier. Die meisten verstümmelt, als wären sie von einem Auto zermalmt worden. Blut an den Wänden, an der Tür. Die Jacken zerstreut.

Galli hob einen Finger und tunkte ihn in eine rote Brühe.

»Lass das!« Clara packte sie erneut. Galli blickte auf, blinzelte mehrmals.

Auch auf der Treppe in den Keller lagen die Toten.

Was hat Holger nur getan? Und es war ihre Schuld. Es war alles ihre Schuld.

Das Knattern der Säge hallte durch das Haus ...

Karl Master

Karl zündete sich eine weitere Zigarette an, als ein Streifenwagen vorfuhr. Das Licht ging aus, die Fahrertür öffnete sich und ein korpulenter Mann mit Jacke und Polizeimütze stieg aus dem Wagen. Er trug einen weißen Schnauzbart.

Karl lächelte und schnippte die Zigarette weg.

Der Polizist kam auf ihn zu.

»Wer sind Sie?«, fragte er.

»Mein Name ist Karl Master und ich bin von der Feier, Herr Polizist.« Er senkte den Kopf.

»Wir bekamen einen Anruf, jemand soll eingebrochen sein.« Der Polizist sah zum Haus. Die Lichter brannten dort, ansonsten war es ruhig. »Ziemlich still für eine Feier, oder?«

Karl drehte eine Hand. »Oh, das ist normal. Gerade machen sie eine Pause. Die Musik war bisher ziemlich laut und man möchte sich auch mal unterhalten, wenn Sie verstehen.«

Der Polizist nickte. Er schien über etwas nachzudenken.

»Der Anruf kam von einer Frau. Sie meinte, es gäbe Tote. Wissen Sie etwas davon?«

»Tote?« Karl schüttelte den Kopf. »Der einzige Tote hier bin wohl ich, in ein paar Jahren, wenn ich nicht mit der Raucherei aufhöre.« Er grinste.

Der Polizist nickte. »Ich muss trotzdem nachsehen. Sie haben nicht zufällig einen Schlüssel?«

»Ich – nein!« Clara und Holger waren noch nicht fertig, dachte Karl. Sie brauchten mehr Zeit.

»Und wie wollen Sie dann wieder rein?«

»Ich – äh, ich werde klingeln oder ich gehe durch den Hintereingang.«

Der Polizist nickte. »Ich gehe mich mal umsehen.« Er öffnete das Gartentor und betrat das Grundstück. Von drinnen drang das Knattern einer Säge heraus.

Der Beamte stockte, fuhr herum. »Was … ist denn das?« Er stürmte zur Tür.

Holger Retzer

Die Schlampe hat mir ein Auge ausgestochen.

Holger lief den Flur entlang. Die blutige Säge knatterte.

»HEY, CLAAARA, hier kommt der HOOOOLGER, und er möchte unbedingt, dass du dich zeigst, damit er dich vierteilen kann!«

Clara Sarker

»Wo bist duuu?«

Er kam. Die Säge knatterte.

Als Holger im Türrahmen erschien, hielt sie die Luft an. An einem hängenden Arm vorbei sah sie nach oben.

Mitten im Eingangsbereich blieb Holger stehen.

Mein Gott! Clara zitterte. Sein linkes Auge fehlte. Aus dem Loch flossen jetzt Schleim und roter Brei über seine Wange.

Holger ging weiter.

Karl Master

»Lassen Sie das!« Karl berührte den Beamten am Arm. Der Polizist fuhr herum und hielt ihm die gezückte Waffe ins Gesicht. »Sie! Gehen Sie sofort zurück! Zurück habe ich gesagt!«

Karl hob die Hände, trat zurück. »Sie können da nicht reingehen.«,

Der Polizist blickte zur Tür. »Das ist eine Säge. Das höre ich doch.« Er biss sich auf die Unterlippe. »Das muss gemeldet werden. Offenbar ist da jemand.«

»Hören Sie es schreien?« Karl hob die Brauen.

Der Polizist musterte ihn. »Drehen Sie sich um.«

»Was?«

»Sie sollen sich umdrehen!« Er reckte die Waffe.

Karl drehte sich um. In der Ferne war ein Schatten zwischen Eibenhecken ausmachen.

Der Meisteeeerrr …

Der Beamte griff nach seiner rechten Hand.

Clara Sarker

Holger trat auf eine Hand.

Bitte nicht, bitte nicht mich. Oh Gott, bitte geh weiter.

Zwei Leichen lagen über ihr. Der Geruch war fürchterlich und das Blut überall.

Galli war unter den Jacken verborgen.

»Wo bist du, Clara. Ich weiß, dass du dich hier irgendwo versteckst.«

Ein fremdes Geräusch. Jemand kam von unten die Treppe hoch.

Clara spitzte die Augen.

Eine Frau blieb auf der obersten Stufe stehen. In der rechten Hand hielt sie einen Hammer. In der linken ein Beil. Die verschiedenfarbigen Haare klebten Betti an den Seiten, sie keuchte atemlos. »Du dreckiger Bastard, Finger weg von meiner Familie!«

Sie stürmte auf ihn zu.

Karl Master

Der Beamte sah zum Haus.

»Hoppla«, meinte Karl.

Der Polizist machte auf dem Absatz kehrt und rannte die Stufen hinauf. Karl löste sich von dem Wagen, in den ihn der Beamte hatte stecken wollen und rannte hinterher. Bevor der Polizist die Tür erreichte, stellte er ihm ein Bein. Der Beamte ruderte mit den Händen und knallte auf eine Steinstufe.

KRAAK.

Seine Beine zuckten.

Karl ging um ihn herum. Der Hals des Mannes war jetzt schief, aber er lebte noch.

»Hm.« Karl beugte sich zu ihm. »Ich sagte doch, dass Sie da nicht reingehen sollen. Sie hätten auf mich hören sollen. Dort ist gerade mehr los, als Sie denken.« Er erhob sich und starrte zu der Tür. Lange konnte es nicht mehr dauern.

Holger Retzer

Holger streckte die Säge vor. Das Kettenblatt knatterte. »Komm her, du dumme Kuh!« Er schwang die Säge. Die Frau bückte sich, wich ihr aus und bewegte den Hammer.

»Nein.« Holger blockte den Hammer mit der Säge. Die Kante verfing sich im Sägeblatt und riss ihn ihr aus der Hand. Die Frau fluchte und trat nach hinten.

»Lauf nicht weg!« Holger sprang vorwärts und stieß die Säge nach links. Die Frau wich erneut aus, aber verlor den Halt. Schreiend landete sie in einer Blutlache.

Holger rannte zu ihr. Plötzlich hob die Frau die Beine und trat ihm gegen die Oberschenkel. Holger fiel zur Seite und die Säge landete auf den Leichen. Blut spritzte auf, als sich die Kette in den Rücken eines Toten fraß.

Die Frau erhob sich und schwang das Beil. Holger wich nach hinten aus.

Das Miststück würde das Beil werfen.

Die Frau zielte … warf. Das Beil flog durch die Luft und landete im Jackenstapel hinter ihm, wo es steckenblieb.

Holger packte das Beil und zog es aus den Jacken. Es hatte festgesteckt. Dort war jemand. Mit der rechten griff er die Säge und bohrte sich in den Jackenstapel hinein.

Die Säge fraß sich durch die Jacken …

Dann in Haut …

In Blut …

Holger fuhr herum. Die Frau war noch da. Er hob das Beil und warf es in ihre Richtung.

Die Frau fing sie auf, aber unterschätzte ihre Kraft … Krächzend sank sie auf die Knie, als sich das Beil mit der scharfen Seite in ihre Brust bohrte.

»Nein! … du Bastard!« Sie kippte nach hinten.

Holger ging zu ihr, wackelte plötzlich … fiel. Die Säge fiel ihm aus der Hand.

Unter ihm erhob sich eine Gestalt … Ein Gesicht … Clara packte ihn am Hals und drückte zu.

Clara Sarker

Aus den Augenwinkeln bemerkte sie den Schuh einer Frau. Ein High Heel. Einer der großen Sorte. Sie ließ Holger los, zog ihn der Frau vom Fuß und rammte ihn Holger in das rechte Auge.

Holger stieß Luft aus, schwang die Arme durch die Luft.

Clara stand auf. Dieser Mann war jetzt bind, denn sie hatte ihm das Augenlicht genommen.

Holger griff den Schuh, zog …

Clara hob die Säge auf. Das blutige Blatt lief noch.

»Jetzt bist du fällig, du Schwein! Für Kaaai!« Sie bohrte ihm die Säge in die rechte Schulter. Holger öffnete den Mund, dann war sein rechter Arm ab.

Clara hustete. Irgendein Brocken schob sich ihren Hals hoch. Der Geruch nach Blut war überwältigend.

Sie stieß erneut zu … schnitt ihm den linken Arm ab. Blut rauschte aus beiden Stümpfen.

»Was tust du da? Wie soll ich dich denn jetzt ausfragen, hä?!«, fragte Holger.

Irre, dachte Clara.

Holger stand auf. Er lächelte.

TU ES!

Clara schrie und rammte ihm die Säge in die Brust. Holger sank wieder in die Knie und von dort auf den Boden. Sein Kiefer klappte auf und zu. Auf und zu.

Energisch bohrte sie die Säge durch seinen Körper, durch die Beine, den Bauch bis zum Hals. Sie fielen hinunter … alles von ihm, auf die Leichen …

Schließlich versiegten die roten Fontänen.

Nur noch Holgers Kopf war übrig.

Clara schaltete die Säge aus und sank auf den Boden.

Überall lag Blut.

Holger grinste. »Ich lebe noch.« Dann erstarb sein Lächeln.

Clara schloss die Augen.

Karl Master

»Was meint ihr, wie lange das dauert? Noch eine
Stunde, eine halbe oder weniger? So weit kann es
doch nicht zu laufen sein. Außerdem lief sie relativ
schnell, denke ich. Ich habe sie nur kurz gesehen, aber
es war schnell. Ich könnte so nicht die ganze Zeit
laufen.« Karl blickte zu Durandi, die neben ihm stand.
Auf der anderen Seite saß Stephanie und zitterte. Ihre
linke Seite war mit einem Verband umwickelt, und
ihr Gesicht war unter den weißen Bandagen nicht zu
sehen.

Karl verschränkte die Hände hinter dem Rücken.
Über ihnen zogen sich dunkle Wolken zusammen.
Offenbar würde es wieder regnen. Ausgerechnet jetzt,
dachte Karl. Zum Glück hatte er seinen Schirm
mitgenommen.

Durandi räusperte sich. »Ich denke, sie kommt gleich.
Außerdem hat sie ein Ziel vor Augen. Ich weiß nicht
genau, wie sich das anfühlen kann, aber ich stelle es
mir sehr intensiv vor. Beinahe übermenschlich.«

Karl nickte. »Sie hat viel verloren. Eigentlich alles. Der
einzige menschliche Anker, den sie besitzt, ist sie
selbst, und der war schon immer brüchig. Nach der
Rache an Holger hätte sie sich etwas aufbauen
können, aber das war nur das Eis, das sich über dem
kalten See ausgebreitet hat. Dünn und fragil. Jetzt ist
es wieder gebrochen. Clara wird das nicht
durchstehen.«

»Sie könnte sich umbringen«, sagte Durandi. »Ein
Schuss in den Kopf und Schluss.«

»Das hättest du nach dem Tod deiner Tochter auch machen können, aber du hast es nicht gemacht. Warum? Weil du tief in dir einen Funken Hoffnung gemerkt hast. Für eine bessere Zukunft. Ist es nicht genau das, was uns in Wahrheit antreibt? Diese Hoffnung?«

Durandi zuckte die Achseln. »Ich lebe seit fast zwanzig Jahren ohne Gefühle und Empfindungen und nur mit dem Wunsch, endlich wieder fühlen zu können. Ein grausamer Preis für deine Hilfe. Also nehme ich an, dass du recht hast. Denn ich stehe hier und warte genau wie du.«

»Da hast du recht – seht mal. Ich glaube, da kommt sie.«

Jemand trat durch das Eingangstor des Friedhofs und verharrte auf dem Gras. Clara hielt die Arme fest an den Körper gepresst. Das Blut an ihr war getrocknet. Rot strahlte ihr Gesicht.

Karl lächelte. »Ich habe diesen Augenblick vorausgesehen.«

Clara ging weiter, stieg den Hügel hinauf.

Die Box wartete bereits. Der quadratische Kasten mit dem blauen Schein. Eine glatte Wand fuhr zurück und enthüllte Dunkelheit.

Clara steuerte die Öffnung an. Oh ja, dachte Karl …

Sie würde in die Box gehen, da sie nur dort alles verlieren würde … Die Erinnerungen, die Gefühle und Gedanken … Nur dort.

Clara betrat die Box und der Zugang verschloss sich wieder.

Karl gab Durandi und Stephanie ein Zeichen. »Kommt. Es wird Zeit.«

Er schritt voran. Durandi folgte. Stephanie ging als Letztes. Bei jedem Schritt gab sie ein Wimmern von sich.

Als sich die Wand wieder öffnete, trat Clara hinaus. Sie streifte an der Box vorbei den Hügel hinunter und verschwand.

Karl sah ihr nach. »Armes Ding ... Aber so ist es nun einmal. Die Nächste bitte. Durandi.« Er winkte sie zu sich. »Du hast deinen Teil der Abmachung erfüllt. Indem du Clara dem Meister übergeben hast, wirst du von allen Verpflichtungen entbunden. Du kannst jetzt in Frieden dein Leben zu Ende leben. Wir werden dich nicht wieder behelligen.« Durandi nickte. Entschlossen betrat sie die Box und die Wand schloss sich hinter ihr.

Karl trat neben Stephanie. »Weißt du noch, vor gar nicht so langer Zeit ...« Er deutete auf das Metalltor am Eingang des Friedhofs. »Da bist du hier angekommen, und es hat in Strömen geregnet. Du warst fix und fertig. Ein richtiges Wrack. Der Meister ist damals gnädig mit dir gewesen, Stephanie. Er hat dir eine neue Chance gegeben, aber du hast ihn wieder verraten. Immer und immer wieder. Du bist es nicht würdig, dass er dir vergibt. Du bist nicht einmal würdig, zu leben. Schau dich an.« Er deutete auf sie. »Du bist ein Würfel, den man rollen kann, damit er einem die richtige Zahl angibt. Mehr bist du nicht ... Ich weiß nicht, was er dir diesmal nehmen wird. Aber es wird nicht gut werden. Davon kannst du ausgehen.«

Die Wand öffnete sich und Durandi trat hinaus. Sie nickte Karl zu und ging davon.

»Los!« Er gab Stephanie einen leichten Stoß. Sie humpelte vorwärts. »Du kannst es nicht verhindern und das weißt du.« Sie ließ den Kopf sinken und betrat die Box. Hinter ihr schloss sie sich.

Karl wandte sich ab.

Unten ging Durandi durch das Tor und verschwand. Karl trat den Hügel hinunter und ebenfalls durch das Tor. Links hockte Clara an der Friedhofsmauer, vom Licht einer Straßenlampe beschienen.

Karl musterte sie. Sie wirkte wie ein Junkie unter Drogen. Das Gesicht so weiß wie der Schnee. Die Augen glasig, als wäre ihre Energie verbraucht. Krumm und eingefallen hockte sie da.

Karl lächelte. Clara hatte sich eindeutig mehr entfernen lassen als Gefühle. Er ging zu ihr und winkte ihr vor dem Gesicht herum.

Nichts. Aha …

Clara hatte sich erblinden lassen.

Er öffnete seinen Regenschirm und hob ihn über den Kopf. Die ersten Tropfen fielen herunter. Außerdem war es kälter geworden.

Zufrieden marschierte er die Straße entlang und pfiff eine Melodie. In seiner neuen Wohnung würde ihn ein prasselndes Feuer erwarten und morgen würde es weitergehen.

Denn der Meister ist unersättlich, und die Box … die Box

gewinnt immer.

Über den Autor:

Alexander Hogrefe, geboren 1995, studierte
Politikwissenschaften. Er verdankt seine erratische
Fantasie dem leidenschaftlichen Interesse am
Übernatürlichen. Bereits in jungen Jahren las er
schaurige Geschichten. Mit 15 begann er zu schreiben.
Seine Bücher behandeln besonders das
Zusammentreffen unheimlicher Ereignisse mit
gewöhnlichen Menschen und dessen Folgen.
Weitere Bücher sind in Planung.